AS BRASAS

SÁNDOR MÁRAI

As brasas

Tradução
Rosa Freire d'Aguiar

24ª reimpressão

Copyright © 1998 by Espólio de Sándor Márai
Vörösvary — Weller Publishing Toronto

Esta publicação contou com o apoio da Fundação Hungria do Livro

Grafia atualizada segundo o Acordo Ortográfico da Língua Portuguesa de 1990, que entrou em vigor no Brasil em 2009.

Título original
A gyertyák csonkig égnek
Traduzido da versão italiana *Le braci* de Marinella d'Alessandro

Capa
Raul Loureiro
sobre *Julgamento de Paris II*, 1987, óleo de Mark Tansey. Coleção Robert M. Kaye, West Long Branch, New Jersey. Curt Marcus Gallery Inc., NY

Preparação
Antonio Carlos Olivieri

Revisão
Ana Paula Castellani
Beatriz de Freitas Moreira

Atualização ortográfica
Verba Editorial

Dados Internacionais de Catalogação na Publicação (CIP)
(Câmara Brasileira do Livro, SP, Brasil)

Márai, Sándor, 1900-1989
   As brasas / Sándor Márai ; tradução Rosa Freire d'Aguiar. — 1ª ed. — São Paulo : Companhia das Letras, 2021.

   Título original: A gyertyák csonkig égnek.
   ISBN 978-65-5921-255-2

   1. Ficção húngara I. Título.

21-88374   CDD-894.511

Índice para catálogo sistemático:
1. Ficção : Literatura húngara 894.511

Maria Alice Ferreira – Bibliotecária – CRB-8/7964

Todos os direitos desta edição reservados à
EDITORA SCHWARCZ S.A.
Rua Bandeira Paulista, 702, cj. 32
04532-002 — São Paulo — SP
Telefone: (11) 3707-3500
www.companhiadasletras.com.br
www.blogdacompanhia.com.br
facebook.com/companhiadasletras
instagram.com/companhiadasletras
twitter.com/cialetras

AS BRASAS

1.

De manhã o general esteve muito tempo na adega do vinhedo. Fora até lá antes do amanhecer, junto com o vinhateiro, porque dois barris de seu vinho haviam começado a fermentar. Quando terminou de engarrafá-lo e voltou para casa, já passava das onze horas. Sob as colunas do pórtico revestido de pedras úmidas cobertas de mofo, o couteiro o esperava e entregou uma carta ao patrão, que acabava de chegar.

"O que deseja?", perguntou o general, parando com ar de enfado. Jogou para trás da cabeça o chapéu de palha de abas largas que até então deixava na sombra seu rosto avermelhado. Fazia anos que não abria nem lia cartas. A correspondência era aberta e selecionada por um empregado no escritório do intendente.

"Quem trouxe foi um mensageiro", disse o couteiro, e ficou parado, em posição de sentido.

O general reconheceu a letra, pegou a carta e enfiou-a no bolso. Entrou no vestíbulo, protegendo-se do calor, e, calado, entregou ao couteiro a bengala e o chapéu. Remexeu no estojo dos charutos e dali tirou os óculos, encostou-se na janela e, na semipenumbra, sob a luz que filtrava pelas frestas das persianas entreabertas, começou a ler a carta.

"Espere!", ordenou, chamando o couteiro que ia se afastando para guardar a bengala e o chapéu.

Amassou a carta e a recolocou no bolso.

"Diga a Kálmán que prepare a carruagem para as seis horas. O landau, porque vai chover. Que vista a libré de gala. Você também", disse com ênfase inesperada, como se alguma coisa o tivesse deixado furioso. "E que fique tudo brilhando. Comecem imediatamente a lustrar a carruagem e os arreios. Você se ponha de libré. Entendeu? E sente-se na boleia ao lado de Kálmán."

"Entendi, excelência", respondeu o couteiro sustentando o olhar do patrão. "Para as seis horas."

"Vocês partirão às seis e meia", disse o general, e começou a mexer os lábios em silêncio, como se estivesse fazendo cálculos. "Você se apresentará no hotel Águia Branca. Dirá apenas que fui eu que o mandei e que chegou a carruagem para o senhor capitão. Repita."

O couteiro repetiu suas palavras. Nesse momento — como se quisesse acrescentar alguma coisa — o general levantou a mão e ergueu o olhar. Mas depois foi para o andar de cima sem dizer nada. O couteiro, imóvel em posição de sentido, seguiu-o com uma expressão de espanto, esperando que a figura atarracada de ombros largos desaparecesse atrás do balaústre de pedra, na curva do patamar da escada.

O general foi para seu quarto, lavou as mãos e aproximou-se da escrivaninha alta e estreita, coberta de pano verde manchado de tinta, onde estavam enfileirados o tinteiro, a pena e vários cadernos empilhados com cuidado, milimetricamente arrumados, desses cadernos de capa de pano encerado e quadriculado, usados pelos estudantes para seus deveres. No meio da escrivaninha, havia um abajur de cúpula verde: acendeu-o, pois o quarto estava escuro. Atrás das persianas fechadas, no jardim sem viço e queimado pelo calor forte, o verão inflamava-se com suas últimas forças, como um incendiário que, na sua fúria alucinada, ateasse fogo a tudo antes de fugir para o fim do mundo. O general tirou a carta do bolso, alisou com cuidado a folha de papel e, sob a luz forte, com os óculos no nariz, leu mais uma vez aquelas breves linhas bem retas, escritas com letra pontuda. Cruzou as mãos nas costas e prosseguiu a leitura.

Na parede havia um calendário com números enormes. Catorze de agosto. O general jogou a cabeça para trás e começou a contar. Catorze de agosto. Dois de julho. Calculava o tempo transcorrido entre um dia distante e o dia de hoje. Quarenta e um anos, disse enfim a meia voz. De uns tempos para cá, falava em voz alta em seu quarto mesmo quando estava sozinho. Quarenta anos, disse em seguida, perplexo. Enrubesceu como um jovem estudante que se sente perdido diante das dificuldades de um dever complicado, jogou a cabeça para trás e fechou os olhos lacrimejantes de velho. Acima da gola do paletó cor de milho, via-se seu pescoço vermelho e inchado. Dois de julho de 1899, foi essa a data da caçada, murmurou. E então emudeceu. Apoiou os cotovelos na escrivaninha, meditativo como um estudante que repassa as lições, e voltou a fixar os olhos na carta, naquelas poucas linhas escritas à mão. Quarenta e um anos, disse afinal com voz enrouquecida. E quarenta e três dias. Foi esse o tempo que passou.

Começou a andar de um lado para o outro, como se já tivesse serenado. O cômodo tinha o teto abobadado, com uma coluna de sustentação no meio. Antigamente, ali eram dois aposentos, um dormitório e um toucador. Muitos anos antes — agora só raciocinava em termos de décadas, não gostava dos números exatos, como se qualquer número lhe recordasse algo que era melhor esquecer — ele mandara derrubar a parede entre os dois aposentos. Só ficou de pé a coluna em que se apoiavam as abóbadas. O castelo fora edificado duzentos anos antes; quem o construiu foi um fornecedor do exército que vendia aveia para a cavalaria austríaca e mais tarde obtivera o título de príncipe. A construção datava dessa época. O general nascera ali, naquele quarto. Na época, o aposento dos fundos, o mais escuro, cujas janelas davam para o jardim e para as dependências de serviço, era o quarto de sua mãe, enquanto o outro, mais claro e arejado, era o toucador. Algumas décadas antes, quando ele se transferiu para essa ala do edifício e mandou demolir a parede divisória, os dois quartos acabaram se tornando um espaço amplo e mal iluminado. Havia dezessete passos de distância entre a porta e a cama. E dezoito passos entre a parede que dava para o jardim e o terraço. Contara-os diversas vezes, sabia com exatidão.

Como um doente acostumado afinal às dimensões espaciais de seu mal, vivia naquele aposento, que parecia construído sob medida para ele. Passavam-se anos sem que fosse à outra ala do castelo, onde havia uma fileira de salões verdes, azuis e vermelhos com lustres dourados. Lá, as janelas davam para o parque, para os castanheiros-da-índia que na primavera, com suas florescências rosadas e sua exuberância verde-escura, debruçavam-se sobre as sacadas. Defronte da ala sul do castelo, as árvores plantadas formavam, pretensiosamente, um semicírculo ao longo das balaustradas de pedra sustentadas por anjinhos gorduchos. Quando saía, o general ia apenas à adega do vinhedo ou ao bosque, ou então — toda manhã, mesmo no inverno, mesmo quando chovia — ao riacho das trutas. De volta ao castelo, subia para seu quarto passando pelo vestíbulo e fazia suas refeições lá em cima.

"Então ele voltou", disse, agora em voz alta, no meio do quarto. "Quarenta e um anos. E quarenta e três dias."

E vacilou, como se pronunciando essas palavras tivesse esgotado suas forças, como se só agora se desse conta do tempo infinito que significavam quarenta e um anos e quarenta e três dias. Sentou-se na velha poltrona de couro de espaldar alto. Sobre a mesinha, ao alcance da mão, havia uma campainha de prata: tocou-a.

"Mande Nini subir", disse ao mordomo. E acrescentou educadamente: "Diga-lhe que lhe peço para subir".

Não se mexeu, ficou sentado assim, com a campainha de prata na mão, até Nini chegar.

2.

Nini, apesar de seus noventa e um anos, não se fez esperar. Foi naquele quarto que assistiu ao nascimento do general e dele cuidou desde criança. Naquele tempo tinha dezesseis anos e era linda. Baixa, mas musculosa e mansa, como se seu corpo conhecesse algum segredo. Como se escondesse alguma coisa, nos ossos, no sangue, na carne, o mistério do tempo e da vida, alguma coisa que não se pode comunicar aos outros e não se pode traduzir numa língua diferente: um segredo que as palavras são incapazes de contar. Era a filha do carteiro da aldeia, tinha parido um menino aos dezesseis anos e nunca dissera a ninguém quem era o pai. Quando seu próprio pai a expulsou de casa, transferiu-se para o castelo. Não possuía nada, só o vestido que usava e, num envelope, um cacho de cabelos do menino morto. Foi assim que se apresentou. Chegou no momento do parto. O general sugou seu primeiro gole de leite no seio de Nini.

E ali ela viveu em silêncio por setenta e cinco anos. Sempre sorria. Seu nome voejava pelos aposentos como se os moradores do castelo quisessem lançar alguma advertência. Diziam:

"Nini!". E era como se dissessem: "É estranho, no mundo também existe outra coisa além do egoísmo e da paixão, além da vaidade. Nini...". E como estivesse presente onde quer que precisassem dela, nem mesmo a notavam. E como estivesse sempre de bom humor, nunca lhe perguntavam como conseguia ser feliz se o homem que amava a deixara e o filho por quem jorrara seu leite morrera. Amamentou o general e o criou, e depois passaram-se setenta e cinco anos. Às vezes, o sol brilhava sobre o castelo, e então a família, em meio à alegria geral, percebia com espanto que Nini também sorria. Depois a condessa, mãe do general, morreu, e Nini enxugou com um pano embebido em vinagre a testa suada, branca e fria da falecida. E um dia o pai do general, que caíra do cavalo, foi levado para casa em cima de uma maca, mas ainda viveu cerca de cinco anos. Foi Nini que cuidou dele. Lia para ele em francês e, como era uma língua que não conhecia, soletrava devagar as palavras, uma depois da outra, o que bastava para o enfermo compreender. Passaram-se muitos anos e o general se casou. Quando o casal voltou da viagem de núpcias, Nini ali estava a esperá-los no portão do castelo. Beijou a mão da nova senhora e ofereceu-lhe rosas. Mesmo nesse momento sorria; de vez em quando o general se recordava daqueles instantes. Mais tarde, doze anos depois, a senhora morreu e foi Nini que cuidou do túmulo e das roupas da falecida.

    No castelo Nini não possuía um título nem um cargo. Todos percebiam sua força, simplesmente. O general era o único a se lembrar, espantado, que Nini já havia passado dos noventa. Ninguém mais parecia ter consciência disso. A força de Nini inundava toda a casa, atravessando as pessoas, as paredes, os objetos, como a corrente elétrica que, às escondidas, põe em movimento, no pequeno palco dos teatrinhos ambulantes, as marionetes, o Guarda e o Ladrão. Às vezes, tinha-se a sensação de que a casa e os objetos iriam se espatifar se a força de Nini não os mantivesse juntos, assim como os tecidos muito velhos viram pó e se desmancham se alguém encosta neles de repente. Quando sua mulher morreu, o general foi viajar. Regressou um ano depois e se transferiu imediatamente para a antiga ala do castelo, para o quarto da mãe. Mandou fechar a ala nova em que vivera com a mulher, com seus salões coloridos onde as tapeçarias de seda francesa agora começavam a esfiapar-se, seu amplo gabinete com a lareira e os livros, sua escadaria enfeitada com chifres de veados, tetrazes empalhados e cabeças de camurça embalsamadas, a grande sala de jantar — de onde, pelas janelas, o olhar abarcava todo o vale, toda a cidadezinha e as montanhas distantes, de um azul prateado —, os aposentos ocupados pela senhora e, ao lado destes, seu próprio quarto de dormir. Durante trinta e dois anos, desde que a senhora morrera e o general voltara para o castelo depois de sua viagem ao estrangeiro, Nini e os criados eram os únicos a pôr os pés naqueles aposentos, uma vez a cada dois meses, quando iam limpá-los.

"Sente-se, Nini", disse o general.

A ama se sentou. Envelhecera naquele último ano. Depois dos noventa, a pessoa envelhece de forma diferente do que ocorre depois dos cinquenta ou dos sessenta. Envelhece sem rancores. O rosto de Nini era rosado e enrugado — assim envelhecem os tecidos de grande valor, as sedas que têm séculos de vida, nas quais uma família inteira gastou suas habilidades manuais, trançando junto com os fios todos os seus sonhos. No ano anterior ela adoecera, passando a sofrer de catarata num dos olhos, que ficou cinza e apagado. O outro olho permaneceu azul, com esse azul dos lagos das altas montanhas sob o sol de agosto. E esse olho sorria. Nini vestia uma roupa escura, sempre a mesma: saia de algodão azul-marinho e um corpete da mesma cor. Como se nunca tivesse mandado fazer outra roupa durante os setenta e cinco anos que haviam transcorrido.

"Konrad escreveu", disse o general, e levantou a carta com um gesto mecânico. "Lembra?"

"Lembro", disse Nini. Lembrava de tudo.

"Está na cidade", disse o general para a ama, a meia voz, como se estivesse comunicando uma notícia muito importante e reservada. "Está hospedado no Águia Branca. Virá hoje à noite, mandei a carruagem ir pegá-lo. Jantará aqui."

"Aqui, onde?", perguntou Nini, com toda a tranquilidade. E mirou ao redor com o olhar azul, sorridente, de seu único olho vivo.

Fazia vinte anos não recebiam hóspedes. Os visitantes que se apresentavam de vez em quando pela hora do almoço, os representantes da província e as autoridades municipais, os convidados para as grandes caçadas, eram recebidos pelo intendente no pavilhão de caça no meio do bosque, onde estava tudo pronto para acolhê-los em todas as estações: os dormitórios, as salas de banho, a cozinha, o salão de almoço para os caçadores, a varanda ao ar livre. Nessas ocasiões, o intendente sentava-se na cabeceira da mesa e conversava, como representante do general, com os caçadores ou as personalidades oficiais. Já havia tempo que mais ninguém se sentia ofendido, pois todos sabiam que o dono da casa era invisível. O pároco era o único a ir ao castelo uma vez por ano, no inverno, quando escrevia com giz, na arquitrave da porta de entrada, os nomes de Gaspar, Baltazar e Melquior. O pároco, que sepultara os diversos membros da família. E mais ninguém, jamais.

"Na outra ala", disse o general. "É possível?"

"Fizemos uma limpeza há um mês", disse a ama. "É possível."

"Para as oito da noite. É possível?...", perguntou excitado, com uma curiosidade meio infantil, inclinando-se para a frente da poltrona. "Na grande sala de jantar. Agora é meio-dia."

"Meio-dia", disse a governanta. "Nesse caso, vou tomar logo

as providências. Mandarei arejar o local até as seis, depois mandarei pôr a mesa." Seus lábios mexiam-se em silêncio, como se estivesse contando. Calculava o tempo, a quantidade de tarefas a cumprir.

"Sim", disse enfim com calma e firmeza.

O general a observava, curioso, ainda com o tronco para frente. As duas vidas fluíam juntas, no mesmo lento ritmo vital dos corpos muito velhos. Conheciam-se a fundo, mais do que se conhecem mãe e filho, mais do que marido e mulher. A comunhão que unia seus corpos era mais íntima que qualquer outro vínculo. Talvez por causa do leite. Talvez porque Nini fora a primeira a ver o general no instante de seu nascimento, coberto do sangue impuro com que os homens vêm ao mundo. Talvez por causa dos setenta e cinco anos que haviam passado lado a lado, sob o mesmo teto, comendo a mesma comida, respirando o mesmo ar viciado da casa, com a mesma vista para as árvores defronte das janelas — haviam compartilhado tudo. Nenhuma palavra podia definir a relação entre eles. Não eram irmãos nem amantes. Mas existia algo diferente, que eles não percebiam com nitidez. Existia uma fraternidade particular que é mais íntima e mais profunda que essa que une os gêmeos no útero materno. A vida mesclara seus dias e suas noites, cada um tinha consciência do corpo e dos sonhos do outro.

Disse a governanta:

"Quer que seja tudo como no passado?"

"Quero", disse o general. "Exatamente assim. Como da última vez."

"Está bem", ela anuiu, lacônica.

Aproximou-se do general, inclinou-se e beijou aquela velha mão manchada, com veias salientes e muitos anéis.

"Prometa-me", disse, "não se comover."

"Prometo", respondeu o general, num tom doce e obediente.

3.

Até as cinco, nenhum sinal de vida chegou de seu quarto. Nessa hora, ele tocou a campainha para chamar o criado e pediu que lhe preparasse um banho frio. Mandara de volta o almoço, contentando-se com uma xícara de chá frio. Estava deitado no sofá, no quarto imerso na penumbra. Do outro lado das paredes frescas, o verão zunia e fermentava. Em seu estado de vigília, percebia a reverberação da luz, o sussurro das folhagens secas sob as lufadas de vento quente e os milhares de ruídos do castelo.

Agora que superara o momento de surpresa, sentia-se repentinamente cansado. Levamos uma vida inteira preparando-nos para alguma coisa. Primeiro, sentimo-nos ofendidos e queremos vingança. Depois, esperamos. Já fazia muito tempo que esperava. Não sabia mais a que ponto o rancor e a sede de vingança tinham se transformado em espera. Com o tempo, tudo se conserva, mas desbota, como essas fotografias de um passado distante que eram fixadas em placa de metal. A luz e o tempo esfumam os traços mais nítidos e mais visíveis, que aos poucos desaparecem da placa. É preciso trocar a imagem de posição para que a luz de um determinado ângulo caia sobre aquela superfície turva, e assim é possível reconhecer a pessoa cujos traços outrora eram refletidos num espelho. Da mesma forma desbotam no correr dos anos todas as recordações humanas. Depois, um belo dia, cai um raio de luz de algum lugar e então redescobrimos um rosto de repente. O general conservava numa gaveta algumas dessas velhas fotografias. O retrato de seu pai. Na foto, o pai vestia o uniforme de capitão da Guarda. Seus cabelos eram ondulados, cacheados como os de uma garotinha. Caía-lhe dos ombros a capa branca dos oficiais da Guarda, que ele segurava sobre o peito com a mão cheia de anéis. E sua cabeça estava inclinada para o lado, com ar altivo mas ressentido. Jamais disse em que ocasião fora humilhado e nem por quê. Quando retornou de Viena, passou a se dedicar às caçadas. Saía todo dia, em todas as estações; quando não encontrava caça, ou na época em que era proibido caçar, atirava nas raposas e nas gralhas. Como se quisesse matar alguém e se exercitasse a fim de estar sempre pronto para a vingança. A mãe do general, a condessa, proibira os caçadores de pôr os pés no castelo; proscrevera e afastara tudo o que lembrasse a caça, as armas e as algibeiras para a pólvora, as velhas flechas, as galhadas, os pássaros e as cabeças de veado empalhadas. Foi então que o oficial da Guarda mandou construir o pavilhão de caça. Ali, tudo foi enfim reunido: as grandes peles de urso estendidas defronte da lareira, e, penduradas nas paredes, as armas fixadas em painéis forrados de feltro branco e com molduras de madeira marrom: espingardas belgas e austríacas, facões de caça ingleses e armas de fogo russas. Para todo tipo de animal. E nos arredores do pavilhão de caça guardavam-se os cães, perdigueiros, galgos, e ali também se alojava o falcoeiro com seus três falcões encapuzados. O pai do general vivia no pavilhão de caça e os moradores do castelo só o viam na hora das refeições. No castelo, as paredes eram cobertas de tapeçarias de seda francesa de tons delicados — azul, verde-claro e rosa —, entremeadas de fios dourados e originárias das tecelagens dos arredores de Paris. Todos os anos a condessa escolhia pessoalmente as tapeçarias e os móveis nas fábricas e nas lojas francesas, quando ia ao seu país no outono, visitar a família. Nunca abriu mão dessa viagem. Era um direito seu, baseado numa cláusula que ela mandara inserir no contrato matrimonial quando se casara com o oficial estrangeiro.

"Talvez tenha sido por causa dessas viagens", conjeturou o general.

Pensava no fato de seus pais não se entenderem. O oficial da Guarda passava o tempo caçando e, como não podia destruir aquele mundo em que existiam coisas e pessoas diferentes dele — cidades estrangeiras, Paris, castelos, todos esses lugares onde se falavam outras línguas e vigoravam outros usos e costumes —, matava cervos, ursos e corças. Sim, talvez fosse por causa das viagens. Levantou-se e ficou de pé defronte da estufa barriguda de faiança branca que antigamente aquecera o quarto de sua mãe. Era uma grande estufa velha de um século, que irradiava um calor semelhante à bondade das pessoas gordas e indolentes que procuram atenuar seu egoísmo com alguma boa ação pouco trabalhosa. Era inevitável que ali dentro sua mãe sofresse com o frio. O castelo no meio do bosque, os quartos com pé-direito alto e abobadados, tudo aquilo era escuro demais para ela: por isso cobrira as paredes com sedas de cores claras. E sofria com o frio porque no bosque o vento soprava eternamente, mesmo no verão, e pairava no ar um perfume que lembrava o dos riachos de montanha na primavera, quando engrossam com a neve derretida e começam a transbordar. Sofria com o frio, por isso é que precisava manter sempre o fogo aceso na estufa barriguda de faiança branca. Sua mãe aspirava a milagres. Mudara-se para aquele país oriental porque em seu espírito a paixão fora mais forte que a razão e o bom senso. Conhecera o oficial da Guarda quando este trabalhava no serviço diplomático: por volta da metade do século era adido na embaixada da Áustria-Hungria em Paris. Conheceram-se num baile e nada puderam fazer contra o feitiço daquele momento. A orquestra tocava e o oficial da Guarda dissera à condessinha francesa: "O sentimento é mais forte que nós, mais fatal". Eis o que acontecera numa noite de baile na embaixada. As vidraças estavam cobertas de cortinas de seda branca; os dois estavam de pé no vão de uma janela e observavam os dançarinos. As ruas de Paris estavam brancas da neve que caía. Nesse momento, o imperador fizera sua entrada na sala. Todos se inclinaram até o chão. O imperador vestia um fraque azul e um colete branco; com um gesto lento, levantara até os olhos o monóculo de haste de ouro. Endireitando-se após a profunda reverência determinada pela etiqueta da corte, os dois trocaram um longo olhar. Naquele instante já sabiam que era inútil se opor ao destino e este decretava que iriam viver juntos. Sorriram, empalideceram e se sentiram embaraçados. Na sala ao lado, a música continuava. A jovem francesa dissera: "Onde fica o seu país...?", com o olhar perdido ao longe. O oficial da Guarda disse o nome de seu país. A primeira palavra íntima que lhe dissera fora o nome de sua terra natal.

Quase um ano depois, no outono, foram para lá. A estrangeira ia sentada no fundo da carruagem, enrolada em véus e cobertores. Cruzaram as montanhas, passaram pela Suíça e pelo Tirol. Em Viena, foram recebidos pelo imperador e pela imperatriz. O imperador foi "bondoso", como se lê nos livros de escola. Disse: "Tome cuidado! Nas florestas para onde ele a está levando vivem os ursos. Ele mesmo é um urso". E sorriu. Todos sorriram. Fazer um gracejo com a mulher francesa do oficial da Guarda húngaro era um sinal de grande simpatia da parte do imperador. Ela respondeu: "Vou amansá-lo com a música, Majestade, como fez Orfeu com as feras". Viajaram atravessando bosques e prados onde pairava o perfume das frutas. Quando cruzaram a fronteira, as montanhas e as cidades desapareceram e a senhora começou a chorar. *"Chéri"*, disse, "estou com tonturas. Aqui tudo é sem limites." Era a visão da *puszta* que lhe dava vertigem, a visão da imensa planície deserta que desfalecia sob o peso de uma atmosfera outonal plúmbea e opressiva, onde a colheita já havia terminado. A carruagem ia andando, horas a fio, penetrando em zonas de difícil acesso, e as plantações de milho na beira da estrada tinham um aspecto de devastação como no final de uma guerra, quando o exército em retirada deixa para trás uma paisagem ferida e agonizante. O oficial da Guarda mantinha-se sentado e mudo na carruagem, de braços cruzados. De vez em quando, pedia um cavalo para si e cavalgava durante horas ao lado do veículo. Contemplava sua pátria como se a visse pela primeira vez. Olhava as casas baixas de janelas verdes e os pequenos pórticos de colunas brancas onde eles paravam para pernoitar, as casas abrigadas no fundo de jardins, onde moravam homens de sua raça, cujos aposentos eram asseados e cujos móveis ele parecia conhecer em detalhes, até mesmo o cheiro que saía dos armários. Olhava a paisagem que agora, em sua solidão e melancolia, tocava seu coração como nunca lhe acontecera: via com os olhos da mulher os poços com as bimbarras, as terras áridas, as florestas de bétulas, as nuvens rosadas sobre a planície na hora do crepúsculo. Sua terra natal estendia-se diante do oficial da Guarda, que, com um nó na garganta, sentia que essa paisagem que o recebia estava gravada no destino de ambos. A mulher continuava sentada na carruagem, calada. De vez em quando levava o lencinho aos olhos. Então, o marido se inclinava na sela e lançava um olhar interrogativo para aqueles olhos cheios de lágrimas. Mas ela lhe fazia sinal para prosseguir. Alguma coisa de indissolúvel ligava-os um ao outro.

Nos primeiros tempos o castelo foi para ela um consolo. Era tão grande, tão bem cercado pelas montanhas e florestas que ficava totalmente isolado da planície: era uma pequena pátria dentro daquela pátria para ela estrangeira. Foi então que começaram a chegar as carroças, ao ritmo de uma por mês. De Paris e de Viena, carroças cheias de móveis, tecidos e adamascados, gravuras. E chegou até um cravo, porque a mulher queria amansar as feras com a música. A primeira neve já havia caído entre as montanhas quando terminaram de se instalar e iniciaram sua vida no castelo. A neve cingiu o edifício como um exército opaco e taciturno cercando uma fortaleza assediada. Durante a noite, veados e corças saíam do bosque, paravam no meio da neve, sob o luar, e ali ficavam a observar as janelas iluminadas, com seus extraordinários olhos atentos e graves, de reflexos azulados, a cabeça inclinada de lado e os ouvidos atentos à música que filtrava do castelo. "Está vendo?...", perguntava a mulher sentada ao piano, e ria. Em fevereiro, o gelo desentocou os lobos que desceram das montanhas, os criados e os guardas-florestais acenderam uma fogueira de gravetos no parque e as feras, atraídas pelo fogo, começaram a girar ao redor, uivando como que enfeitiçadas. O oficial da Guarda desceu para enfrentá-los com o facão; sua mulher ficou a observá-lo da janela. Em algum ponto, ele e ela não conseguiam se entender. E no entanto se amavam.

O general aproximou-se do retrato da mãe. O quadro era obra de um pintor vienense, que também pintara o retrato da imperatriz com os cabelos trançados caindo sobre os ombros; o oficial da Guarda o vira no gabinete do imperador no palácio real de Viena. No quadro, a condessa usava um chapéu de palha decorado com florzinhas cor-de-rosa, como os que exibiam no verão as meninas de Florença. O quadro estava pendurado na parede branca, numa moldura dourada, sobre a cômoda de cerejeira. Era um dos móveis que pertencera outrora à sua mãe.

O general apoiou as mãos na beira da cômoda e ficou nessa posição, com os olhos levantados para o quadro. No retrato do pintor vienense, a jovem senhora estava com a cabeça ligeiramente virada para o lado e fixava o vazio com um olhar meigo e pensativo, como se se perguntasse: "Para quê?". Era esse o significado do quadro. O rosto era nobre, e o pescoço, as mãos calçadas com luvas compridas de crochê, os ombros alvos e o colo que aparecia no decote do vestido verde-claro exalavam sensualidade. Era realmente uma estrangeira.

O oficial da Guarda e sua mulher combatiam-se em silêncio, tendo como armas a música e a caça, as viagens e as recepções. Em certas noites, o castelo se iluminava como se houvesse um incêndio nas salas, e as cavalariças se enchiam de cavalos e cocheiros dos convidados. Criados de peito estufado permaneciam imóveis, como marionetes empalhadas num museu de cera, um a cada quatro degraus da grande escadaria, segurando candelabros de prata de doze braços, e as luzes, a música, as conversas das pessoas e o perfume dos corpos rodopiavam pelas salas como se a vida fosse uma espécie de cerimônia desesperada, de festa trágica e solene, em cujo final as trombetas dos arautos fossem soar para anunciar aos participantes atordoados um decreto nefasto.

O general ainda tinha a lembrança dessas festas. Às vezes, os cavalos e os cocheiros, não encontrando lugar nas cavalariças, acampavam no parque nevado, ao lado das fogueiras de gravetos. Uma vez compareceu até mesmo o imperador, que em terras húngaras usava o título de rei. Chegou de carruagem, escoltado por cavaleiros com elmos de penachos brancos. Passou dois dias caçando no bosque. Ficou hospedado na outra ala do castelo, onde dormiu numa cama de ferro e de noite dançou com a dona da casa. Enquanto dançavam, iam conversando, e os olhos da mulher se encheram de lágrimas. O rei interrompeu a dança.

Inclinou-se, beijou-lhe a mão e a acompanhou de volta ao salão ao lado, onde os homens de sua escolta o aguardavam de pé, dispostos em semicírculo. Conduziu a senhora até o oficial da Guarda e beijou-lhe de novo a mão.

"Sobre o que conversaram?...", perguntou um dia, muito tempo depois, o oficial à esposa.

Mas a mulher não lhe disse. Ninguém soube o que dissera o rei à senhora que vinha de um país estrangeiro e que caíra em prantos durante a dança. Naquelas paragens, continuou-se a comentar o fato durante muito tempo.

4.

    O castelo era um mundo em si, como aqueles grandes e pomposos mausoléus de pedra onde definham os ossos de gerações inteiras e se esfarelam as mortalhas de seda cinza ou pano preto de homens e mulheres que viveram em outros tempos. Guardava o silêncio dentro de si, qual um prisioneiro que vegeta exangue na palha apodrecida de um subterrâneo, de barba comprida, vestido de trapos e coberto de mofo. Guardava também a memória, a memória dos defuntos, que se abrigava nos recantos mais ocultos, assim como os cogumelos, os musgos, os morcegos, os ratos, os insetos se aninham nos porões úmidos das velhas construções. As maçanetas das portas conservavam o tremor das mãos, a emoção do instante em que hesitaram em completar o gesto. Todo lar em que as paixões atacaram os homens com violência enche-se dessa substância tenebrosa.
    O general olhava o retrato da mãe. Conhecia cada detalhe desse rosto delicado. Os olhos melancólicos e pesados de sono fixavam o tempo com um desdém semelhante àquele com que subiam ao cadafalso certas mulheres de épocas passadas, despre-

zando igualmente as pessoas por quem deviam morrer e as que as mandavam para o sacrifício. A família da mãe possuía um castelo na Bretanha, à beira-mar. Uma vez, quando o general tinha uns oito anos, foi para lá passar o verão. Já se viajava de trem, muito vagarosamente. As malas, protegidas por capas de cânhamo com as iniciais da mãe bordadas, foram colocadas nas redes dos compartimentos de bagagem. Chovia em Paris. O menino, do fundo de um coche estofado de seda azul, olhava pelas vidraças embaçadas a cidade que cintilava sob a chuva, parecendo o corpo escamoso de um peixe grande. Via telhados pontudos e altas chaminés cinzentas que emergiam da crosta de sujeira do céu nublado, como se gritassem aos quatro ventos os segredos de destinos diferentes e incompreensíveis. Via senhoras que caminhavam sob a chuva apenas levantando a saia com a mão. Riam e seus dentes brilhavam, como se a chuva, a cidade estrangeira, os discursos em francês fossem coisas divertidas e maravilhosas que um menino era incapaz de entender. Tinha oito anos, sentava-se compenetrado na carruagem ao lado da mãe, na frente da camareira e do preceptor, e sentia que tinha uma tarefa a cumprir. A atenção de todos estava concentrada nele, no pequeno selvagem vindo de longe, das florestas, dos lugares ainda habitados pelos ursos. Ele articulava as palavras em francês com muito esmero e circunspecção. Sabia que falava também em nome de seu pai, do castelo, dos cachorros, do bosque, da terra natal que ficara para trás. Abriu-se um portão, o coche entrou num vasto pátio, e diante de uma ampla escadaria viu criados de libré que se desmancharam em reverências. Em tudo isso havia algo ligeiramente hostil. Levaram-no por salas onde reinava uma ordem que lhe pareceu inquietante e ameaçadora. A avó francesa o recebeu no salão do primeiro andar. Tinha os olhos cinza e uma fina penugem sobre o lábio; seus cabelos, que deviam ter sido ruivos e agora eram brancos e opacos, como se o tempo tivesse se esquecido de lavá-los, estavam presos num *chignon* no alto da cabeça. Ela beijou o menino e depois, com as mãos brancas e ossudas, inclinou levemente a cabeça para trás e ficou a olhá-lo do alto. *"Tout de même"*, disse à mãe que estava de pé ali ao lado, com a fisionomia tensa, como se o filho estivesse enfrentando um exame, como se dali a pouco fosse se descobrir algo desagradável. Mais tarde foi servido um chá de tília. Tudo tinha um cheiro insuportável e o menino começou a sentir enjoo. Quase meia-noite, caiu em prantos e começou a vomitar. "Mande chamar Nini!", disse com voz sufocada. Jazia no leito, branco como um cadáver.

No dia seguinte veio-lhe a febre alta e começou a delirar. Chegaram médicos cerimoniosos de casaca preta, com a corrente do relógio de ouro enfiada na botoeira central do colete branco. Debruçaram-se sobre o menino e, de suas barbas e de suas roupas, desprendeu-se o mesmo cheiro que exalavam os objetos do palacete, os cabelos e a boca da avó francesa. O menino tinha a impressão de que, se aquele cheiro não desaparecesse, morreria. Até o final da semana a febre não baixou e seu pulso foi enfraquecendo. Então, telegrafaram para chamar Nini. A ama levou quatro dias para chegar a Paris. Na estação de trem o mordomo de costeletas, enviado para recebê-la, não a identificou; Nini saiu a pé e se apresentou no palacete carregando uma sacola de crochê. Chegou da mesma maneira como migram os pássaros: não falava francês, não conhecia as ruas, nunca soube responder a quem lhe perguntava como conseguira se virar naquela cidade desconhecida, localizar a casa que escondia o menino doente. Entrou no quarto, levantou da cama o pequeno moribundo que agora jazia exausto, com os olhos brilhando e arregalados, único sinal de vida. Pegou-o no colo, apertou-o fortemente contra si e ficou sentada em silêncio, ninando-o em seus braços. No terceiro dia, o menino recebeu a extrema-unção. Naquela noite Nini saiu do quarto do doente e virou-se para a condessa dizendo-lhe em húngaro:

"Acho que vai sobreviver."

Não chorava, estava só muito cansada porque não dormia havia seis dias. Voltou para o quarto do doente, tirou da sacola as provisões trazidas de casa e começou a comer. Durante seis dias ela lutara, mantendo o menino em vida com o calor de seu hálito. A condessa ficara de joelhos diante da porta, chorando e rezando. Todos continuavam ali, a avó francesa, a criadagem, um jovem padre de sobrancelhas tortas que entrava e saía do palacete a qualquer hora do dia. As visitas dos médicos foram rareando. O menino foi para a Bretanha com Nini; a avó francesa, acabrunhada e ofendida, permaneceu em Paris. Naturalmente, ninguém disse por que o menino ficara doente. Ninguém disse mas todos sabiam. Precisava de afeto e, quando aqueles estrangeiros se inclinaram sobre ele e aquele cheiro insuportável o agrediu de todos os lados, ele decidiu que era melhor morrer. Na Bretanha ouvia-se o barulho do vento e das ondas que quebravam entre as velhas pedras. Recifes avermelhados afloravam na água. Nini, tranquila, olhava sorrindo o mar e o céu como se já os conhecesse. Nos quatro cantos do castelo, erguiam-se sólidos torreões de pedra de cantaria: num passado distante, era de lá que os antepassados da condessa observaram a chegada de Surcouf, o pirata. O menino ia novamente ficando corado e vivia rindo. Já não sentia nenhum medo, porque sabia que os dois, Nini e ele, eram os mais fortes. Sentavam-se à beira-mar, e as pregas da roupa azul-escura de Nini esvoaçavam ao vento. Tudo tinha gosto de sal, até o ar e as flores. Pela manhã, quando baixava, a maré deixava atrás de si aranhas-do-mar de patas peludas, estrelas-do-mar roxas e gelatinosas e caranguejos de barriga vermelha, espalhados pelas poças d'água entre os escolhos vermelhos na linha da arrebentação. No pátio do castelo, havia uma figueira de vários séculos, parecida com um sábio oriental que agora só soubesse contar histórias extremamente simples. Sob sua densa folhagem, o ar era fresco, suave e perfumado. Por volta do meio-dia, enquanto o mar murmurava sonhador, o menino sentava-se ali calado, ao lado de sua ama.

"Quero ser poeta", disse uma vez, levantando os olhos com a cabeça inclinada. O vento despenteava seus cachos louros, enquanto ele contemplava o mar de olhos semicerrados. A ama o abraçou, acariciou sua cabeça e a apertou contra o peito. Disse:

"Não, você vai ser soldado."

"Igual ao papai?", disse o menino balançando a cabeça. "Papai também é poeta, não sabe? Vive pensando em outra coisa."

"É verdade", respondeu a governanta, suspirando. "Não vá para o sol, meu anjo. Vai ficar com dor de cabeça."

Ficaram assim muito tempo, sentados sob a figueira. Escutavam o mar: seu murmúrio tinha algo de familiar. Era parecido com o das florestas da casa deles. O menino e a governanta pensavam que neste mundo havia algo em comum entre todas as coisas.

5.

De fatos como estes a gente só se recorda mais tarde. Passam-se décadas inteiras, entramos num quarto escuro onde alguém morreu e de repente ouvimos o murmúrio do mar, escutamos de novo as palavras antigas. Como se aquelas poucas palavras tivessem dado expressão ao significado da vida. Porém, mais tarde havia sempre outras coisas de que falar.

No outono, quando saíram da Bretanha e voltaram para casa, o oficial da Guarda foi esperar a família em Viena. O menino foi matriculado no colégio militar. Deram-lhe um espadim, calças compridas e um quepe. No domingo, com o espadim preso na cinta e a túnica azul-marinho, os alunos eram levados para passear ao longo do Graben. Pareciam crianças brincando de soldado. Usavam luvas brancas e executavam com graça a saudação militar.

O colégio ficava nos arredores de Viena, no alto de uma colina. Era um prédio amarelo, e das janelas do segundo andar se podiam ver a velha cidade com suas ruas rigorosamente retas, a residência de verão do imperador, os telhados de Schönbrunn e as avenidas abertas no interior do grande parque entre as copas podadas das árvores. Nos limpos corredores de tetos abobadados, nas salas de aula, no refeitório, nos dormitórios, cada coisa estava solidamente em seu lugar, como se ali fosse o único local do mundo onde tudo o que na vida é caótico e supérfluo estivesse finalmente arrumado e em ordem. Os professores eram antigos oficiais. Tudo cheirava a salitre. Em cada dormitório havia cerca de trinta alunos, garotos da mesma idade que dormiam, como o imperador, em estreitas camas de ferro. Sobre a entrada, havia um crucifixo pendurado com um raminho de palma benta. De noite as lâmpadas emanavam uma luz azulada. De manhã, acordava-se ao som de um clarim: no inverno, vez por outra, a água para se lavar estava congelada nas bacias de estanho. Então, os ordenanças traziam da cozinha grandes jarras de água quente.

Estudavam grego, balística, o comportamento correto a adotar diante do inimigo e história. O menino era pálido e tossia. Durante o outono, o padre que ensinava religião o acompanhou todas as tardes para dar um passeio no parque de Schönbrunn. Andavam a passo lento pelas alamedas. De uma fonte de pedra corroída pelo mofo e pelo musgo esverdeado, jorrava água com reflexos dourados, sob os raios do sol. Passeavam pelas fileiras de árvores podadas a régua e compasso; o menino ficava em posição de sentido e levantava a mão enluvada de branco para saudar de peito estufado, segundo o regulamento, os velhos militares que passeavam no parque de uniforme de gala, como se todos os dias se comemorasse o aniversário do imperador. Um dia, uma mulher de cabeça descoberta e com uma sombrinha branca de renda passou depressa ao lado deles e o padre fez uma profunda reverência.

"A imperatriz", sussurrou no ouvido do garoto.

A mulher tinha um rosto muito pálido, seus densos cabelos pretos estavam presos numa trança tripla em volta da cabeça. A três passos de distância, seguia-a uma senhora vestida de preto que caminhava um pouco curvada, como se estivesse cansada de andar tão depressa.

"A imperatriz", disse de novo o padre em tom de profunda devoção.

O menino seguiu com o olhar a mulher solitária, que andava quase a passo de marcha entre as fileiras do grande jardim, como se estivesse fugindo de alguma coisa.

"Parece com a mamãe", disse, porque lhe veio à cabeça o quadro pendurado em cima da mesa no escritório de seu pai.

"Não se deve dizer isso", respondeu gravemente o padre.

Repetiam da manhã à noite a lista de coisas que não deviam ser ditas. No colégio, onde eram educados quatrocentos garotos, reinava um silêncio semelhante ao que existe dentro de uma bomba um minuto antes da explosão. Para lá confluía gente de toda parte do Império; chegavam dos palácios da Boêmia — meninos de cabelos louros como trigo, nariz arrebitado e lânguidas mãos brancas —, das residências de nobres da Morávia, das cidadelas do Tirol e dos castelos de caça da Estíria, dos grandes palácios de janelas sempre fechadas das ruelas em torno do Graben e dos solares dos campos da Hungria. Tinham nomes compridos com numerosas consoantes e muitas partículas indicativas de nobreza, títulos e posições hierárquicas que ali no colégio deviam, por assim dizer, guardar no armário, como as roupas civis de alta qualidade, confeccionadas em Viena e em Londres, e as roupas de baixo de marca holandesa. De tudo isso só restava um nome, e o menino que tinha esse nome devia agora aprender o que era permitido e o que não era. Havia garotos eslavos de testa estreita cujo sangue mesclava todas as características humanas do Império, havia aristocratas de dez anos de idade, de olhos azuis, fisionomia cansada e olhar perdido no vazio, como se seus antepassados já tivessem visto tudo aquilo no lugar deles. Um dia, um pequeno príncipe tirolês se matou, aos doze anos, com um tiro de pistola, porque se apaixonara por uma prima.

Konrad dormia na cama ao lado. Quando se conheceram, tinham dez anos.

Era robusto e ao mesmo tempo magro, como os descendentes de certas raças muito antigas em cujo corpo a ossatura predomina, mais que a carne. Era um tanto lento, sem ser preguiçoso: adotava de propósito um ritmo moderado. Seu pai, um funcionário que obtivera o título de barão, vivia na Galícia, sua mãe era polonesa. Quando sorria, uma expressão doce e infantil, típica dos eslavos, dobrava-lhe os cantos da boca. Mas raramente sorria. Era calado e atento.

Viveram lado a lado desde o primeiro instante, como gêmeos no útero materno. Não precisaram fazer pactos de amizade como costumam fazer os garotos dessa idade, que se lançam com paixão e ostentação a rituais ridículos e solenes, dessa forma inconsciente e grotesca com que o desejo se manifesta entre os homens, quando decidem pela primeira vez arrancar do resto do mundo o corpo e a alma de outra pessoa para possuí-la com exclusividade. O sentido do amor e da amizade estava todo ali. A amizade deles era séria e silenciosa como todos os grandes sentimentos destinados a durar uma vida inteira. E como todos os grandes sentimentos, também continham certa dose de pudor e de culpa. Ninguém pode se apropriar impunemente de uma pessoa, subtraindo-a de todas as outras.

Além disso, compreenderam desde o primeiro instante que aquele encontro os ligaria para o resto da vida. O garoto húngaro era longilíneo e frágil, e naquele tempo o médico o examinava uma vez por semana: temia-se por seus pulmões. A pedido do general morávio que dirigia o colégio, o oficial da Guarda foi a Viena e conversou longamente com os médicos. De tudo o que disseram só reteve uma palavra: "perigo". De fato, declararam que o garoto não estava doente, mas tinha uma predisposição para as doenças. Havia, disseram vagamente, um certo perigo.

O oficial da Guarda hospedou-se numa ruela escura, à sombra da cúpula da catedral de Santo Estêvão, no hotel chamado Ao Rei da Hungria, onde no passado seu avô também se hospedara. Havia galhadas de veados penduradas nos corredores. O criado cumprimentava o oficial da Guarda dizendo: "Beijo-lhe as mãos". O oficial ocupava dois grandes quartos escuros de teto abobadado e entulhados de móveis estofados de seda amarela. Durante essa temporada tirou o filho do colégio, hospedaram-se juntos no hotel, onde em cima da porta de cada quarto liam-se os nomes dos hóspedes mais assíduos e estimados, como se aquele prédio fosse uma espécie de mosteiro laico, destinado a receber os cavalheiros da monarquia que viajavam sozinhos.

Certa manhã, tomaram uma carruagem e foram ao Prater. Era início de novembro, já começava a fazer frio. De noite, foram ao teatro: no palco viam-se heróis que se xingavam, trespassavam-se com a espada e desabavam, rolando no chão. Mais tarde, foram comer no restaurante, numa saleta reservada onde foram servidos por diversos garçons. O garoto se sentava ao lado do pai, calado, com os bons modos de um velho, como se estivesse suportando e perdoando alguma coisa.

"Dizem que você corre perigo", comentou o pai depois do jantar, como que falando consigo mesmo, e acendeu um grande charuto preto. "Se quiser, pode voltar para casa. Mas eu preferia que você não tivesse medo de enfrentar o perigo."

"Não, não tenho medo, papai", disse o menino. "O que quero é que Konrad fique sempre conosco. A família dele não é rica. Gostaria que viesse passar o verão na nossa casa."

"É seu amigo?", perguntou o pai.

"É."

"Então é meu amigo também", concluiu o pai, com gravidade.

Vestia fraque e uma camisa de peitilho plissado. Nos últimos tempos não usava mais uniforme. O menino se calou, aliviado. Podia confiar na palavra do pai. Quando iam passear em Viena, todos o conheciam, fosse nas lojas — na luvaria, no camiseiro, no alfaiate — fosse nos restaurantes, onde *maîtres* solenes vigiavam as mesas, e até mesmo na rua, onde homens e mulheres se debruçavam nas carruagens para cumprimentá-lo com acenos amistosos.

"Você vai ver o imperador?", perguntou um dia o garoto, antes que o pai fosse embora.

"O rei", corrigiu o pai, severo.

Depois declarou:

"Nunca mais vou vê-lo."

O garoto compreendeu que entre o soberano e seu pai acontecera alguma coisa. No dia em que este foi embora, apresentou-lhe Konrad. Na noite da véspera, dormira com o coração disparado, como se se preparasse para seu noivado. "Não se deve falar do rei na frente dele", recomendou ao amigo. O pai foi bondoso e afetuoso, comportou-se como um *gentleman*. Recebeu Konrad no seio da família com um simples aperto de mão.

A partir daquele dia a tosse do garoto se atenuou. Não estava mais sozinho. Algo que não conseguia suportar era se sentir sozinho no meio das pessoas.

A educação que trazia no sangue, que lhe vinha das florestas virgens, de Paris, da suave sensibilidade de sua mãe, impunha-lhe não falar do que o afligia, mas suportar tudo em silêncio. Aprendera que a coisa mais sábia era se calar. Mas não podia viver sem afeto: isso também fazia parte de sua herança. Talvez fosse a mãe francesa que tivesse lhe transmitido esse desejo ardente de confiar os próprios sentimentos a alguém. Na família do pai não se falava dessas coisas. Ele precisava de alguém em quem despejar seu afeto: Nini ou Konrad. Então a febre cedia, a tosse passava, seu rosto pálido e magro ficava rosado sob o estímulo da confiança e do entusiasmo. Os dois garotos estavam numa idade em que o sexo ainda não tem um caráter bem definido: é como se ainda não tivessem feito sua escolha. A cada quinze dias, o barbeiro raspava a zero os suaves cabelos louros de Henrik, esses cabelos que ele detestava porque tinha a impressão de que lhe conferiam um aspecto feminino. Konrad era mais viril, mais pacato também. A adolescência se abria diante deles e a enfrentaram sem sentir nenhum temor, porque já não estavam sozinhos.

Ao terminar o primeiro verão, quando os rapazes partiram de carruagem para retornar a Viena, do portão de entrada do castelo, a mãe francesa os seguiu muito tempo com o olhar. Depois se virou para Nini e disse com um sorriso:

"Finalmente um casamento que deu certo."

Mas Nini não sorriu. Os garotos chegavam juntos a cada verão, e mais tarde também passaram no castelo as festas de Natal. Compartilhavam tudo, das roupas às peças íntimas; no castelo ocupavam um quarto inteiro para eles, liam ao mesmo tempo os mesmos livros, descobriram juntos Viena e as florestas, os livros e a caça, a equitação e as virtudes militares, as relações sociais e o amor. Nini tinha medo, talvez fosse também um pouco de ciúme. Aquela amizade já durava quatro anos, os rapazes começavam a se isolar do mundo e cultivavam segredos. A relação entre eles era cada vez mais profunda, cada vez mais atormentada. O filho do oficial da Guarda tinha orgulho de Konrad, vangloriava-se de sua amizade, gostaria de apresentá-lo a todos como se faz com uma obra de arte, com uma obra-prima, e ao mesmo tempo gostaria de mantê-lo longe de todos por temer que alguém pudesse lhe tomar a pessoa que amava.

"Assim é demais", disse Nini à condessa. "Um belo dia Konrad o abandonará. E isso o fará sofrer muito."

"É uma lição que todos nós temos de aprender", disse a mãe, sentada diante do espelho com os olhos fixos em sua beleza que ia murchando. "Estamos destinados a, um belo dia, perder a pessoa que amamos. E quem não aguentar o golpe, paciência! Não é um homem de caráter."

No colégio os outros logo pararam de zombar daquela amizade, com a qual se habituaram como se fosse um fenômeno natural. Agora só se referiam a eles pelos dois nomes, como se faz com os casais. Mas não debochavam. Naquela relação, cheia de ternura, seriedade e dedicação, havia alguma coisa de fatal, de tão luminoso a ponto de desencorajar qualquer sarcasmo. Relações desse tipo provocam um sentimento de inveja em todas as comunidades humanas. Não há nada que os homens desejem tão ardentemente como uma amizade desinteressada. Mas é um desejo sem esperança. No colégio, os rapazes se refugiavam no orgulho de suas origens ou nos estudos, em libertinagens precoces, em proezas físicas ou em amores prematuros, incoerentes e tristes. Nessa confusão humana, a amizade de Henrik e Konrad irradiava uma luz calma semelhante à de certas cerimônias devotas medievais. Não há nada mais raro, entre os jovens, do que um sentimento desinteressado que não exija em troca nenhuma ajuda nem sacrifícios. A juventude sempre espera um sacrifício daqueles em quem depositou suas esperanças. Os dois rapazes percebiam que se encontravam numa condição inefável, maravilhosa, uma espécie de estado de graça.

Não há nada mais delicado do que uma relação como esta. Tudo o que a vida propiciar mais tarde — sentimentos de ternura ou desejos brutais, paixões impetuosas e ligações fatais — será mais rude e mais desumano. Konrad era sério e pudico, e desde os dez anos de idade já se notava nele o homem que se tornaria.

Quando os garotos, entrando na adolescência, começaram a tomar gosto pelas obscenidades, a fuçar com o maior atrevimento os segredos que cercavam a vida dos adultos, Konrad fez Henrik jurar que levariam uma vida casta. Cumpriram por muito tempo esse juramento. Não foi fácil. A cada quinze dias, iam se confessar, depois de terem preparado juntos a lista de seus pecados. Os desejos se faziam sentir no sangue e nos nervos, os garotos estavam pálidos e sofriam vertigens a cada mudança de estação. Mas mantiveram-se castos, como se o mágico manto da amizade estendido sobre suas jovens vidas os recompensasse de tudo o que os outros, os curiosos e os irrequietos, procuravam com tanto frenesi, e que os impelia para zonas mais obscuras e para os submundos da vida.

Viviam segundo uma ordem rigorosa ditada por séculos de exercício e experiência. Toda manhã, de torso nu, com as máscaras e bandagens protetoras, lutavam esgrima por uma hora na sala de ginástica do colégio. Dedicavam-se também à equitação. Henrik era um bom cavaleiro, ao passo que Konrad, a cavalo, lutava desesperadamente para manter o equilíbrio e ficar na sela; seu corpo já não guardava a memória das predisposições hereditárias. Henrik aprendia depressa, Konrad com dificuldade, mas decorava avidamente as noções adquiridas, com a dedicação extasiada de quem sabe que não possui outras riquezas no mundo. Henrik circulava com desenvoltura também em sociedade, distraído ou com segurança absoluta, como se o mundo não pudesse lhe reservar surpresas; Konrad era rígido e desajeitado, limitava-se a respeitar estritamente as regras. Num verão, quando já tinham a patente de oficiais, foram à Galícia, onde moravam os pais de Konrad. O barão — um homem velho e calvo, cheio de deferências, consumido por quarenta anos de serviço na Galícia e pelas ambições sociais insatisfeitas da mulher, uma nobre polonesa — fez todo o possível, com ares servis e embaraçados, para oferecer alguma distração aos rapazes. Na cidade, com suas velhas torres, o poço no meio da praça central quadrada e os quartos escuros com tetos abobadados, reinava uma atmosfera sufocante. Os moradores, ucranianos, alemães, judeus, russos, viviam mergulhados numa espécie de murmúrio difuso, atenuado e vigiado pelas autoridades. Era como se na cidade, nas casas escuras e abafadas, algo estivesse fermentando continuamente, uma revolução, ou mais simplesmente alguma forma mesquinha e ruidosa de descontentamento. As casas, as praças, a vida, tudo na cidade exalava um sentimento de expectativa e de furiosa excitação, como num caravançará. Só a catedral destacava-se, serena, com seu maciço campanário e suas arcadas espaçosas, naquele fervilhar tumultuado e barulhento, e era quase como se fosse o símbolo de uma lei definitiva e imutável promulgada outrora na cidade. Os rapazes estavam hospedados no hotel, porque a casa do barão tinha apenas três cômodos apertados. Na primeira noite, após um jantar farto, com carnes gordas e temperadas e pesados vinhos perfumados — o velho funcionário, pai de Konrad, e a polonesa envelhecida e melancólica, sua mãe, lambuzada de maquiagem roxa e carmim parecendo uma arara, tinham mandado servir aquela refeição suntuosa com uma preocupação comovente, como se a felicidade do filho único, que raramente voltava à casa, dependesse da qualidade da comida —, os jovens oficiais, antes de se deitarem, ficaram um bom tempo sentados na penumbra de um cantinho, decorado com palmeiras empoeiradas, do Hotel da Galícia. Bebiam vinho húngaro e fumavam calados.

"Agora você os viu", disse Konrad.

"Exato", disse, mortificado, o filho do oficial da Guarda.

"E então sabe de tudo", disse o outro em voz baixa, gentil. "Pode imaginar o que se faz aqui há vinte e dois anos, por amor a mim."

"Eu sei", disse Henrik, e sentiu um nó na garganta.

"Cada par de luvas que devo comprar, quando saímos para ir ao Teatro da Corte, vem daqui. Se preciso de novos arreios para o cavalo, aqui deixam de comer carne por três meses. Se devo dar uma gorjeta, meu pai não fuma charuto por uma semana. Essa história vem sendo assim há vinte e dois anos. E sempre tive todo o necessário. Em algum lugar da Polônia, perto da fronteira russa, há uma grande propriedade. Nunca a vi. Era de minha mãe. Foi de lá que me veio tudo: o uniforme, as anuidades do colégio, as entradas para os espetáculos de teatro, o buquê de flores enviado à sua mãe naquela vez que ela esteve de passagem em Viena, as taxas para os exames, até as despesas do duelo, quando fui obrigado a me bater contra aquele bávaro. Tudo, há vinte e dois anos. Primeiro, venderam os móveis, o jardim, a terra, a casa. Depois sacrificaram a saúde, a comodidade, a paz da velhice, as ambições sociais de minha mãe, a possibilidade de terem um quarto a mais nesta cidade piolhenta, de mobiliá-lo com móveis decentes e de convidar alguns hóspedes de vez em quando. Já imaginou?"

"Desculpe", disse Henrik, pálido e agitado.

"Não é nada contra você", disse o amigo com muita seriedade. "Só queria que se desse conta com os próprios olhos de como são as coisas. Quando aquele bávaro pulou em cima de mim com a espada desembainhada, fazendo aqueles floreios qual um possesso e muito bem-humorado, como se correr o risco de ficar estropiado para satisfazer a própria vaidade fosse uma linda brincadeira, me veio ao espírito o rosto de minha mãe, que vai ao mercado toda manhã para evitar que a cozinheira a engane embolsando dois centavos, porque no final do ano os dois centavos terão somado cinco florins que ela poderá enfiar num envelope para me mandar... Naquele momento eu realmente poderia ter matado o bávaro que queria me ferir por pura bazófia, sem perceber que cada arranhão que me desse era um pecado mortal contra essas duas pessoas que, aqui na Galícia, tinham sacrificado em silêncio suas vidas por mim. Toda vez que no seu castelo dou uma gorjeta a um mordomo, gasto alguma coisa da vida deles. É muito difícil viver assim", concluiu enrubescendo.

"Por quê?", perguntou baixinho o outro. "Não acha que eles estão felizes assim?..."

"Eles, talvez." O jovem ficou calado. Até então nunca tinha tocado nesse assunto. Agora decidiu fazê-lo, interrompendo-se de vez em quando e sem olhar nos olhos do amigo. "Mas para mim é muito difícil viver assim. É como se eu não pertencesse a mim mesmo. Se estou doente, fico apavorado, como se estivesse dilapidando um patrimônio alheio, alguma coisa que só me pertence em parte: minha saúde. Sou um soldado, fui educado para saber matar e ser morto. Prestei juramento nesse sentido. Mas se morresse prematuramente, por que eles teriam suportado tantas dificuldades? Entende agora?... Há vinte e dois anos vivem nesta cidade, onde paira um fedor sufocante, como o de um antro sujo onde acampamos os comboios de passagem... Esse cheiro de comida, de perfumes ordinários, de camas desfeitas. Vivem aqui, sem nunca se queixarem. Em vinte e dois anos meu pai nunca voltou a Viena, onde nasceu e cresceu. Em vinte e dois anos, jamais fizeram uma viagem, uma excursão no verão, jamais compraram uma peça de roupa supérflua, porque precisavam fazer de mim uma obra-prima, realizando assim o que eles mesmos, por fraqueza, nunca alcançaram em suas vidas. Vez por outra, quando estou prestes a fazer alguma coisa, minha mão para no ar. O sentido de responsabilidade me paralisa. Já me ocorreu desejar que morressem", concluiu num sussurro.

"Sei", Henrik disse, gravemente.

Passaram quatro dias na cidade. Quando foram embora, pela primeira vez na vida tiveram a impressão de que entre eles algo acontecera. Como se um dos dois tivesse contraído uma dívida com o outro. Era alguma coisa que não se podia expressar com palavras.

6.

Mas Konrad tinha um refúgio para onde o amigo não podia segui-lo: a música. Era como se dispusesse de um esconderijo secreto em que a mão do mundo não pudesse alcançá-lo. Henrik não tinha ouvido musical, contentava-se com música cigana e valsas vienenses.

No colégio não se falava de música, todos — tanto os professores como os alunos — limitavam-se a tolerá-la e a consideravam com indulgência, como uma espécie de capricho juvenil. Todos têm um fraco por alguma coisa. Há os que criam cachorros, há os apaixonados por cavalos. Ouvir música é melhor do que jogar cartas, pensavam. E é menos perigoso do que correr atrás de mulheres.

Mas às vezes Konrad se perguntava se a música era uma paixão realmente inócua. No colégio, é claro, essa revolta, essa insurreição da música eram inadmissíveis. O currículo escolar também previa o conhecimento de noções elementares de música, mas, mais que qualquer outra matéria, em nível bem superficial. Nas paradas, a música era a das trombetas, com o tambor-mor marchando na frente e, de vez em quando, levantando bem alto seu bastão de prata, enquanto um pequeno pônei seguia os músicos, arrastando o bumbo. Era uma música sonora e ritmada, que disciplinava o passo da tropa, atraía gente nas ruas e constituía um elemento indispensável a qualquer parada. Ao som da música, marchava-se com o passo bem marcial, e isso era tudo. Às vezes a música era alegre, às vezes pomposa e solene. Mas ninguém lhe dava importância.

Konrad empalidecia toda vez que a escutava. Qualquer tipo de música, mesmo a mais vulgar, atingia-o profundamente, como uma agressão física. Ficava branco e seus lábios começavam a tremer. A música transmitia-lhe emoções que deixavam os outros indiferentes. Provavelmente as melodias não se dirigiam somente ao seu intelecto. Quando ouvia música, a disciplina que lhe fora inculcada, propiciando-lhe conquistar uma posição no mundo, e que ele aceitara voluntariamente assim como o crente aceita a punição e a penitência, relaxava-se, e sua rigidez artificial e forçada se desfazia, assim como acontece nas paradas quando, ao fim de longas e cansativas evoluções, soa de repente a ordem: "Descansar!". Seus lábios começavam a tremer, esquecia-se do lugar onde estava, seus olhos sorriam, perdiam-se no vazio, não via mais nada ao redor, nem os superiores, nem os colegas, nem as belas senhoras e o público que enchia o teatro. Sentia a música com todo o seu corpo, nela bebia como um sedento, escutava-a como um prisioneiro que apura o ouvido ao som de passos que se aproximam e que talvez lhe tragam a notícia de sua libertação. Se alguém lhe dirigia a palavra nesses momentos, não percebia. A música dissolvia tudo ao seu redor, abolindo por instantes as leis daquele pacto artificial: nesses momentos, Konrad não era mais um soldado.

Numa noite de verão, enquanto Konrad e a mãe de Henrik estavam tocando a quatro mãos uma peça para piano, algo aconteceu. À espera do jantar, o oficial da Guarda e seu filho, sentados num canto do salão, escutavam educadamente a música, com a condescendência contrita e a tolerância de quem pensa: "A vida toda é um dever, também precisamos suportar a música. Não podemos nos mostrar entediados diante de uma senhora". A condessa tocava com enlevo: executavam a *Fantaisie polonaise* de Chopin. Na sala tudo parecia vibrar. Enquanto aguardavam, educados e pacientes, em suas poltronas num canto do salão, pai e filho perceberam que naqueles dois corpos, da mãe e de Konrad, estava se passando algo estranho. Da música parecia se desprender uma força mágica capaz de levantar os móveis e inflar as pesadas cortinas de seda das janelas. Era como se todas as coisas velhas e mofadas, enterradas há tempos nos corações humanos, recomeçassem a viver, como se no coração de cada criatura se aninhasse um ritmo mortal que, em dado momento da vida, poderia começar a pulsar com violência implacável. Os pacientes ouvintes compreenderam que a música representava um perigo. Mas a mãe e Konrad, sentados ao piano, já não ligavam para esse perigo. A *Fantaisie polonaise* era só um pretexto para a explosão de forças que se agitam e fazem eclodir tudo o que costuma ser cuidadosamente camuflado pela ordem estabelecida. Sentavam-se rígidos diante do piano, com o corpo ereto vagamente inclinado para trás, como se a música tivesse lançado no espaço um coche alado mítico, puxado por fogosos corcéis invisíveis, e como se fossem eles que segurassem com mão firme, nessa corrida impetuosa, as rédeas das forças que se soltavam. Então, pararam em uníssono, com um único acorde. Um raio de sol do crepúsculo entrou pela janela e no facho de luz volteou uma poeira dourada que, ao seguir os cavalos alados guiando o coche mágico já distante da música, subia pela estrada celeste que leva à destruição e ao nada.

"Chopin", disse a francesa com respiração ofegante. "O pai dele era francês."

"E a mãe, polonesa", disse Konrad, e olhou pelas janelas, virando a cabeça. "Era parente de minha mãe", acrescentou depressa, como se esse parentesco o deixasse embaraçado.

Todos ficaram impressionados, porque em sua voz soava a mesma tristeza que vibra na voz dos exilados quando falam da pátria e do lar distante. O oficial da Guarda, levemente inclinado para a frente, observou com atenção o amigo do filho, como se o visse pela primeira vez. Naquela noite, quando ficou a sós com o filho no *fumoir*, disse:

"Konrad jamais será um verdadeiro soldado."

"Por quê?", perguntou o rapaz, assustado.

Mas sabia que o pai tinha razão. O oficial da Guarda deu de ombros, acendeu o charuto, esticou as pernas na direção da lareira e contemplou a fumaça que subia do charuto. Com a calma e o tom de superioridade do especialista, disse:

"Porque é um homem diferente."

Foi só alguns anos depois, quando o pai já não vivia, que o general conseguiu compreender essa frase.

7.

Sempre sabemos qual é a verdade, essa outra verdade que se esconde atrás dos papéis que representamos, das máscaras, das circunstâncias da vida. Os dois rapazes foram educados juntos, prestaram juramento no mesmo dia e moraram juntos durante os anos em que ficaram em Viena, porque o oficial da Guarda conseguiu que seu filho e Konrad passassem os primeiros anos da carreira nas vizinhanças da Corte. Alugaram um apartamento nos arredores do parque de Schönbrunn, no primeiro andar de um prédio pequeno de fachada cinza. As janelas davam para um jardim comprido e estreito, abafado e invadido pelas ameixeiras. Os dois jovens dispunham de três aposentos na casa da viúva, surda, de um médico do exército. Konrad alugou um piano, mas raramente tocava; era como se temesse a música. Viviam ali como irmãos, mas às vezes o filho do oficial da Guarda intuía, aborrecido, que o amigo lhe escondia um segredo.

Konrad era um homem diferente e não era possível desvendar seu segredo fazendo-lhe perguntas. Estava sempre calmo. Nunca discutia. Cumpria seus deveres, frequentava os companheiros, a sociedade, comportava-se como se o serviço militar devesse durar eternamente, como se a vida fosse apenas um único exercício disciplinar, um turno de trabalho prolongado, em vigor não só de dia mas também de noite. Eram jovens e de vez em quando o filho do oficial da Guarda percebia inquieto que Konrad levava uma vida monacal. Era como se realmente não vivesse neste mundo. Como se no fim do horário oficial do serviço se iniciasse para ele outro tipo de serviço, mais complexo e rigoroso, assim como na vida do monge o regulamento não estabelece apenas as horas a dedicar às preces e à prática de ritos devotos, mas impõe também momentos de solidão e reflexão, até que ele compreenda definitivamente o mundo dos sonhos. Konrad temia a música, com a qual cultivava uma relação secreta, que envolvia não só seu espírito mas também seu corpo: como se o sentido mais profundo da música consistisse numa espécie de imposição fatal que pudesse desviá-lo de sua trajetória e quebrar alguma coisa dentro de si. De manhã, os dois amigos andavam a cavalo juntos, no Prater ou na escola de equitação, e depois Konrad encerrava suas obrigações e voltava para o apartamento de Hietzing. Às vezes, passava semanas inteiras sem sair à noite. No velho apartamento, ainda usavam-se velas e lamparinas de querosene para a iluminação. O filho do oficial da Guarda voltava quase sempre depois de meia-noite, sobrevivente de um baile ou de alguma recepção, e enquanto ainda estava na rua avistava do carro de aluguel a tênue luz vacilante na janela do quarto do amigo. Os sinais emitidos por essa janela iluminada pareciam vagamente acusatórios. Henrik dava uma moeda ao motorista, parava na ruela silenciosa, tirava as luvas, pegava a chave de casa e tinha mais uma vez a sensação de ser culpado, de ter traído suas relações com o amigo. Estava vindo do mundo da alta sociedade, onde nos restaurantes, nas salas de festas e nos salões dos bairros elegantes tocavam-se músicas lânguidas, muito diferentes das que Konrad amava. Essa música parecia tornar a vida mais agradável e solene, fazia brilhar os olhos das mulheres e afagava a vaidade dos homens. Era este o sentido da música que se tocava na cidade, nos lugares onde o filho do oficial da Guarda passava as noites de sua juventude.

Mas a música que agradava a Konrad não era feita para atordoar; despertava as paixões e os remorsos dos homens, fazia brotar nos corações e mentes o sentido de uma vida mais concreta. "É um tipo de música que dá medo", pensou Henrik uma noite e, meio despertado, começou a assobiar uma valsa. Naquele ano, em Viena, assobiavam-se em todo canto as valsas de um compositor na moda, Johann Strauss filho. Henrik pegou a chave de casa, empurrou o velho portão que se abriu devagar, cedendo a muito custo, e viu-se no amplo vão da escada iluminado por uma lâmpada de querosene, aos pés de uma escadaria úmida de teto abobadado. Parou um instante para olhar o jardim, branco de neve sob a luz do luar, como se fosse desenhado com giz entre os contornos pretos dos objetos ao redor. Tudo estava sossegado. Viena já dormia, imersa num sono profundo. Nevava. O imperador também já dormia no seu palácio, e cinquenta milhões de pessoas dormiam nos domínios do imperador. O filho do oficial da Guarda percebia que, de certo modo, participava desse silêncio, vigiando também o sono e a segurança do imperador e de cinquenta milhões de súditos. Sua contribuição consistia simplesmente em vestir com honradez o uniforme, em passar suas noites em sociedade, em ouvir valsas, em beber vinho tinto francês e entreter-se com senhoras e senhores, exatamente como se esperava dele. O filho do oficial da Guarda percebia que devia respeitar ordens escritas e não escritas extremamente peremptórias, sentia que sua obediência no quartel, no campo de tiro e nos salões também fazia parte de seu serviço. O sentido de segurança de cinquenta milhões de seres humanos baseava-se na consciência de que o imperador se deitava antes da meia-noite, se levantava às cinco da manhã e se sentava em sua pequena poltrona de vime, à luz de vela, diante da escrivaninha, e que todos os outros, os que tinham jurado fidelidade a seu nome, obedeciam aos costumes e às leis. Naturalmente, também era preciso obedecer num sentido mais profundo que o prescrito pelas leis. A obediência era algo que se carregava inscrito no coração, era isso o mais importante. Era preciso ter fé em que tudo estaria em ordem. Naquele tempo, o filho do oficial da Guarda e o amigo tinham vinte e dois anos, e viviam em Viena.

    O filho do oficial da Guarda subiu os degraus carcomidos da escada assobiando baixinho a melodia de uma valsa. Naquela casa tudo cheirava a mofo, os quartos, o vão das escadas, mas ao mesmo tempo tudo exalava um leve perfume açucarado e enjoativo de frutas em calda. Naquele inverno, o carnaval explodiu em Viena como uma epidemia benigna e alegre. Dançava-se todas as noites, sob as luzes bruxuleantes dos lampiões a gás, nos salões brancos e dourados. Caiu muita neve e nas ruas esbranquiçadas os cocheiros, calados, transportavam a passeio os casais de namorados. Viena dançava sob a nevasca. O filho do oficial da Guarda ia toda manhã à velha escola de equitação para observar os cavalariços espanhóis e as evoluções dos *lippizans*, os cavalos brancos. Algo vibrava no corpo dos animais e dos cavalariços, uma espécie de elegância e nobreza, de graça e harmonia quase culpadas, algo que sempre se esconde nos espíritos velhos e nos corpos de velha linhagem. Depois ia fazer uma longa caminhada, pois não era um desses velhos. Parava nas vitrines das lojas do centro, e de vez em quando um velho garçom ou um cocheiro o reconheciam, pois se parecia com o pai. Viena, o Império, húngaros, alemães, morávios, tchecos, sérvios, croatas e italianos formavam uma só e grande família, e dentro desta cada um intuía em segredo que o único capaz de manter a ordem, nessa maré de desejos, pendores e paixões tumultuosas, era o imperador, a um só tempo sargento-mor em perpétuo serviço e majestade, funcionário do Estado e *grand seigneur*, campônio e soberano.

Viena transbordava de alegria. No centro da cidade, nas tabernas cheirando a mofo e com adegas repletas de barris, servia-se a melhor cerveja do mundo, e quando os sinos batiam meio-dia o aroma do caldo do *gulasch* espalhava-se por toda a cidade. Nas ruas e nos espíritos reinava um clima de simpatia e cordialidade, como se a paz entre os homens estivesse destinada a durar eternamente. As mulheres, de nariz e olhos brilhando por trás do véu abaixado para proteger o rosto da nevasca, exibiam regalos de pele e chapéus enfeitados de plumas. Nos cafés, às quatro da tarde, acendiam-se as lamparinas a gás e servia-se café com creme de leite. Generais e funcionários públicos sentavam-se em mesinhas reservadas aos clientes habituais. As mulheres, trêmulas de emoção, se encolhiam no fundo dos carros de aluguel e se apressavam para as *garçonnières* em cujas lareiras ardiam grandes troncos: era carnaval, e o amor, como se fosse o agente de uma gigantesca conjuração extensiva a toda a cidade sem distinções de classes, apoderava-se de todos os corações. Uma hora antes da abertura dos teatros, na adega da residência do príncipe Esterházy, no centro da cidade, marcavam encontro secretamente os amantes de vinhos generosos. Nas saletas privadas do Hotel Sacher, preparavam-se as mesas para os arquiduques, e, nos subterrâneos superaquecidos e enfumaçados de uma adega abacial recém-aberta nos arredores da catedral de Santo Estêvão, fidalgos poloneses tristes e suados engoliam copos e copos de aguardente brindando à pátria infeliz. Mas, afora eles, naquele inverno em Viena tinha-se às vezes a impressão de que todos estavam felizes. Assim pensava o filho do oficial da Guarda enquanto assobiava baixinho e sorria. Na antessala, o calor da estufa de faiança o acolheu como um aperto de mão fraterno. Naquela cidade tudo era tão amplo e espaçoso, tudo e todos pareciam estar em seus devidos lugares! Os arquiduques se comportavam às vezes como caipiras, e os porteiros, secretamente, ambicionavam ocupar uma posição numa hierarquia humaníssima e infinita. O criado, sentado ao lado da estufa, deu um pulo e ficou de pé, pegou para guardar o sobretudo, o quepe e as luvas do patrão, depois foi logo esticando a mão para o nicho da estufa onde a comida se mantinha quente, e pegou a garrafa de vinho tinto francês do qual, toda noite, o jovem bebia um copo antes de ir para a cama, como se quisesse se despedir do dia e das lembranças fúteis da noite com os sábios conselhos dados pelo vinho de Borgonha. Como de costume, o criado o seguiu até o quarto de Konrad, levando a garrafa numa bandeja de prata.

Às vezes, os dois amigos conversavam até de madrugada no quarto mergulhado na penumbra, até que a estufa esfriasse e o filho do oficial da Guarda tivesse bebido a última gota da garrafa de vinho de Borgonha. Konrad falava de suas leituras, Henrik, da vida. Konrad não tinha dinheiro suficiente para se dedicar a divertimentos. Para ele, a vida militar representava um ofício, um ofício que comportava um lema, uma posição, problemas delicados e consequências de todo tipo. O filho do oficial da Guarda sentia que a amizade e a aliança entre eles, frágil e complexa como qualquer relação humana, devia ser protegida de todas as complicações causadas pelo dinheiro, de toda sombra de inveja ou indiscrição. Não era simples. Falavam disso como se fossem irmãos. Em tom de doce súplica, o filho do oficial da Guarda oferecia a Konrad partilhar seu patrimônio, do qual ele não sabia o que fazer. Konrad explicava que não podia aceitar nem um centavo sequer. E ambos sabiam que a verdade era simplesmente esta: o filho do oficial da Guarda não podia dar seu dinheiro a Konrad e era obrigado a levar esse tipo de vida condizente com sua posição e seu nome. Enquanto isso, no apartamento de Hietzing, Konrad comia omeletes cinco noites por semana, e, quando a lavadeira lhe trazia a trouxa, contava pessoalmente o número de peças de roupa. Mas nada disso tinha importância. O mais importante era proteger essa amizade para o resto da vida, prescindindo de dinheiro.

Konrad envelhecia depressa. Aos vinte e cinco anos já usava óculos de leitura. E de noite, quando o amigo voltava para casa vindo de algum compromisso mundano e ainda cheirando a tabaco e água-de-colônia, meio bêbado e desarrumado e com ares de rapazola que vive na farra, conversavam baixinho por muito tempo, como dois cúmplices, como se Konrad fosse um mago que passasse seu tempo sentado em casa a espremer o cérebro para descobrir o significado das criaturas e dos fenômenos, enquanto seu aprendiz dava a volta ao mundo para recolher segredos sobre a vida das pessoas. Konrad lia de preferência livros ingleses sobre a história da convivência humana e a evolução social. O filho do oficial da Guarda só lia com prazer livros sobre cavalos e relatos de viagens. E, como gostavam um do outro, cada um perdoava o amigo por seu pecado original: Konrad perdoava a Henrik seu patrimônio, e o filho do oficial da Guarda perdoava a Konrad sua pobreza.

A "diferença" da qual falara o pai de Henrik, quando seu amigo e a condessa haviam tocado a *Fantaisie polonaise*, conferia a Konrad um certo poder sobre o espírito do companheiro.

Que significava esse poder? Em toda relação de poder sempre existe um leve, quase imperceptível desprezo por quem dominamos. Só somos capazes de dominar totalmente o outro se conseguimos conhecer, entender e desprezar com grande tato aquele que terá de se dobrar a nós. Com o tempo, as conversas noturnas no apartamento de Hietzing foram tomando ares de uma conversa entre professor e aluno. Como todos os que, por predisposição inata ou pelas circunstâncias, sofrem de solidão precoce, Konrad falava da sociedade num tom levemente irônico, meio depreciativo, mas involuntariamente curioso. Como se tudo o que se passasse nesse mundo só pudesse interessar às crianças e às criaturas igualmente ingênuas. E, no entanto, em sua voz transparecia certa nostalgia, a da juventude que se tortura eternamente por uma pátria ambígua, impassível e assustadora que se chama mundo. E quando Konrad, em tom amistoso e condescendente, com indiferença e meio de brincadeira, zombava de Henrik por tudo o que ele tinha visto e ouvido no mundo, sua voz vibrava de desejos insatisfeitos.

Viviam assim, no esplendor da juventude, representando um papel que era ao mesmo tempo uma profissão e que conferia às suas vidas tensão e dignidade interior. Várias vezes mãos femininas batiam, trepidantes e alegres, na porta do apartamento de Hietzing. Um dia, bateu Veronica, a bailarina — quando esse nome lhe vem à cabeça, o general esfrega os olhos, como quem acorda de um sono profundo e se lembra vagamente de alguma coisa. Sim, Veronica. Ou talvez Angela, a jovem viúva do major médico, que era alucinada pelas corridas de cavalos. Mas não, Veronica. Morava no sótão de um prédio muito velho, numa rua chamada das Três Ferraduras, num ateliê que ela jamais conseguia aquecer direito. Mas só podia mesmo viver ali, pois precisava desse espaço confortável para seus exercícios, seus passos de dança e suas piruetas. O local espaçoso, cheio de ecos, era decorado com ramos poeirentos de flores artificiais e quadros com figuras de animais que o inquilino anterior do ateliê, um pintor da Estíria, deixara para o dono da casa em troca do aluguel atrasado. Seus temas preferidos eram as ovelhas: os visitantes eram recebidos por uma multidão de ovelhas melancólicas que os olhavam de todos os lados da sala espaçosa, arregalando seus olhos aquosos e inexpressivos de animais espantados. Era ali que vivia Veronica, a bailarina, entre cortinas empoeiradas e velhos móveis cobertos de capas rasgadas. Seu perfume forte, os eflúvios do óleo de rosas e das águas-de-colônia francesas pairavam até nas escadas. Numa noite de verão, os três foram jantar juntos. Isso agora lhe voltou à memória, com todos os detalhes, como se estivesse examinando um quadro com lente de aumento. Jantaram num restaurante no Wienerwald. Chegaram lá de carruagem, atravessando bosques cerrados e perfumados. A bailarina usava um chapéu de palha de Florença com abas largas, luvas brancas de crochê que iam até o cotovelo, um vestido de seda rosa justo na cintura e sapatos de seda preta. Apesar desse luxo de mau gosto, era um encanto. Caminhou a passos leves e um pouco hesitantes sob as copas, ao longo da alameda de cascalhos, como se cada passo que a aproximasse dos objetivos concretos da vida, um restaurante, por exemplo, fosse indigno de seus pezinhos. Assim como as cordas de um Stradivarius não devem ser usadas para um violinista arranhar cantigas de taberna, assim ela achava que suas pernas, obras-primas que não podiam ter outro objetivo além da dança — essa vitória contra as leis da gravidade, contra o peso humilhante dos corpos — deviam ser preservadas cuidadosamente. Jantaram no pátio do albergue, debaixo de uma pérgola com trepadeiras de uvas silvestres, à luz de velas protegidas por globos de vidro. Saborearam um vinho tinto leve e a jovem riu com alegria. Voltando para casa de carruagem, à luz do luar, quando do alto de uma colina avistaram a cidade mergulhada numa luminescência prateada, Veronica, extasiada, abraçou-os a ambos. Foi um momento de felicidade, inconsciência e total abandono. Os dois amigos acompanharam a bailarina até em casa, calados, e, defronte do portão do velho prédio do centro, despediram-se dela beijando-lhe as mãos. Sim, Veronica. E Angela, com sua paixão pelos cavalos. E todas as outras, com as flores nos cabelos, que se afastavam dançando num longo rodopio, deixando atrás de si um rastro de fitas, cartas, flores, às vezes uma luva. Essas mulheres tinham levado às suas vidas o desatino dos primeiros amores e tudo o que significa o amor: desejo, ciúme, e um desesperado sentido de solidão. Mas além das mulheres e do mundo brilhava um sentimento mais forte do que tudo. Um sentimento, conhecido principalmente dos homens, que se chama amizade.

8.

O general começou a se preparar. Vestiu-se sozinho. Tirou do armário o uniforme de gala e olhou-o muito tempo. Nos últimos dez anos, nunca mais o vestira. Abriu uma gaveta, procurou suas condecorações e parou, olhando as medalhas de honra ao mérito guardadas em estojos forrados de seda vermelha, verde e branca. Enquanto apalpava as medalhas de bronze, ouro e prata, via uma cabeça de ponte ao longo do Dnepr, uma parada militar em Viena, uma recepção no Castelo de Buda. Deu de ombros. O que a vida tinha lhe dado? Deveres e coisas inúteis. Distraído, como faz o jogador com as fichas coloridas no fim de uma decisiva partida de cartas, deixou as medalhas deslizarem para dentro da gaveta.

Preferiu vestir um terno preto, deu um laço na gravata branca de piquê e penteou com uma escova molhada os cabelos brancos rebeldes e cortados curtos. Nos últimos anos sempre escolhia esse tipo de traje severo, parecendo um padre. Aproximou-se da escrivaninha e com as mãos inseguras, sacudidas por um tremor senil, remexeu na carteira de notas em busca de uma pequena chave com a qual abriu uma gaveta comprida e funda. De um compartimento secreto da gaveta, tirou vários objetos: uma pistola belga, um maço de cartas presas com uma fita azul e um caderninho fino, encadernado de veludo amarelo, com a inscrição *Souvenir* gravada na capa em letras douradas. Ficou muito tempo segurando o maço envolto na fita azul e fechado com um lacre da mesma cor. Depois examinou a pistola, meticulosamente e com jeito de conhecedor. Era uma velha pistola com tambor de seis balas, todas em seu devido lugar. Jogou a arma na gaveta com um gesto distraído e deu de ombros. Enfiou o caderninho forrado de veludo amarelo num bolso lateral do paletó.

Aproximou-se da janela e abriu as persianas. Enquanto dormia, caíra um temporal no jardim. Entre as árvores soprava um ventinho fresco, as folhas molhadas do plátano luziam nos últimos raios do pôr do sol. Ficou imóvel ao lado da janela, de braços cruzados. Olhava a paisagem, o vale, o bosque, a estrada amarelada lá embaixo, o perfil da cidade. Seus olhos, acostumados com as grandes distâncias, reconheceram a carruagem que vinha andando devagar pela estrada. O hóspede já estava se locomovendo para o castelo.

Imóvel, com rosto inexpressivo, permaneceu olhando o carro que se aproximava, depois fechou um olho, como faz o caçador quando mira o alvo.

9.

Já passava das sete quando o general saiu do quarto. Apoiado na bengala de passeio de castão de marfim, percorreu a passo lento e regular o corredor comprido que ligava essa ala do castelo — aposentos reservados a seu uso pessoal — à parte social, com o salão de recepção, a sala de música e as saletas. As paredes do corredor estavam cobertas de velhos retratos: ali se enfileiravam, engastados em molduras douradas, retratos dos antepassados, das bisavós e dos bisavôs, de amigos, velhos domésticos, companheiros de regimento e celebridades outrora hospedadas no castelo. Na família do general era tradição manter um pintor a serviço da casa: no mais das vezes se tratava de retratistas ambulantes de passagem, mas ocasionalmente também aparecia algum mais famoso, como S., de Praga, que vivera oito anos no castelo na época do avô do general e fixara na tela todos os que passaram diante de seus pincéis, inclusive o mordomo e os cavalos mais célebres. As bisavós e os bisavôs tinham sido vítimas do pincel de artistas ocasionais: olhavam do alto com olhos de vidro, em trajes de gala. Depois, vinham alguns rostos masculinos pacatos e sérios: eram da mesma geração do oficial da Guarda, homens de bigodes à húngara e cachos anelados caindo na testa, de roupa preta de cerimônia ou uniforme de gala. Aquela sim é que era uma geração saudável, pensou o general enquanto olhava as efígies de parentes, amigos e companheiros de seu pai. Eram homens esplêndidos, embora de natureza meio esquiva, pouco dados a viver em harmonia com o mundo, orgulhosos; mas acreditavam em alguma coisa: na honra, nas virtudes viris, no silêncio, na solidão, na palavra dada e também nas mulheres. E, quando sofriam uma decepção, refugiavam-se no silêncio. A maioria deles passara a vida toda em silêncio, dedicados às suas obrigações e à observância do silêncio como ao cumprimento de um voto. Lá no final do corredor estavam pendurados os quadros franceses: retratos de velhas damas com penteados altíssimos e empoados, e de cavalheiros de peruca, gordos e de lábios voluptuosos. Eram os parentes distantes de sua mãe, rostos que se destacavam sobre fundos coloridos, azuis, cor-de-rosa e cinza--claro. Estrangeiros. Depois vinha o retrato de seu pai, com o uniforme de oficial da Guarda. E um dos retratos da mãe, com um chapeuzinho de plumas e o chicotinho na mão, qual uma amazona de circo. Seguia-se um espaço vazio, de cerca de um metro quadrado, entre um retrato e outro: uma leve linha cinzenta formava uma moldura no fundo branco e indicava que no passado ali houve um quadro pendurado. O general prosseguiu com expressão impassível, deixando para trás o quadrado vazio. Naquele ponto se iniciavam as paisagens.

No final do corredor, vestida de preto, com a minúscula cabeça de passarinho coberta por uma touquinha branca engomada, a ama o esperava.

"Estava olhando os quadros?", perguntou.

"Estava."

"Não quer que se coloque de novo o retrato no lugar?", perguntou Nini com a tranquila franqueza das pessoas velhas, apontando o espaço vazio na parede.

"Ainda existe?", perguntou o general.

A ama assentiu: conservara a pintura.

"Não", disse-lhe depois de curta pausa. Em seguida, prosseguiu em tom mais suave: "Não sabia que você o tinha guardado. Pensei que o tivesse queimado".

"É totalmente irracional", disse a ama com voz fina e estridente, "queimar quadros."

"Sem dúvida", disse o general em tom confidencial, como só se fala com a própria ama. "Já que não mudaria nada."

Viraram-se para a escadaria e olharam lá para baixo, em direção ao vestíbulo, onde um criado e uma camareira estavam arrumando flores nos vasos de cristal.

Nas últimas horas o castelo tornara a viver, como um mecanismo ao qual se dera corda de novo. Voltaram a viver não só os móveis, as poltronas e os sofás liberados das capas de pano do verão, mas também os quadros nas paredes, os grandes candelabros de ferro fundido, os objetos de decoração nas vitrines e no alto da lareira. Na lareira havia troncos empilhados, para acender o fogo, porque depois de meia-noite o sereno das madrugadas de fim de verão penetrava nos aposentos e cobria tudo com uma pátina de umidade. Era como se de repente os objetos tivessem adquirido um sentido, como se quisessem demonstrar que cada coisa no mundo só possui um significado em relação aos homens, e só quando se torna parte integrante do destino deles e de suas ações. O general olhava o grande vestíbulo, as flores sobre a mesa diante da lareira, a disposição das cadeiras.

"Esta poltrona de couro", disse, "ficava à direita."

"Você se lembra tão bem assim?", perguntou a ama piscando os olhos.

"Lembro. Konrad estava sentado aqui, debaixo do relógio, ao lado do fogo. Eu estava sentado no centro, defronte da lareira, na poltrona florentina. Krisztina estava em frente, na poltrona que antes pertencera a minha mãe."

"Tem certeza?", perguntou a ama.

"Tenho." O general apoiou-se no parapeito da escada, olhando para baixo. "O vaso azul de cristal estava cheio de dálias. Faz quarenta e um anos."

"Pois é, estou vendo que você se lembra muito bem", disse a ama e suspirou.

"Claro que me lembro. Você botou a mesa com o aparelho de porcelana francesa?"

"Botei, com a louça de flores", disse Nini.

"Ótimo", concordou o general, tranquilizado. Ficaram calados um tempo, contemplando a cena diante deles, o amplo salão de recepção, os móveis grandes e maciços que guardavam as recordações, o significado de uma hora, ou de um único segundo, como se a partir de então tivessem se limitado a existir segundo as leis dos tecidos, das madeiras e dos metais, mas que quarenta e um anos antes haviam recebido, naquele exato instante, um sopro de vida que dera sentido às suas existências. E agora voltavam a viver, como um mecanismo a que se dá corda, e também pareciam animar-se com a recordação.

"O que vai servir ao nosso hóspede?"

"Trutas", disse Nini. "Sopa e trutas. Depois, rosbife malpassado e salada. E para terminar sorvete flambado. O cozinheiro não o prepara há uns dez anos. Mas tomara que esteja tão bom quanto no passado", acrescentou com ar preocupado.

"Fique atenta para que saia tudo direito. Daquela vez também houve lagostins", disse em tom suave, como se falasse consigo mesmo.

"É", respondeu a ama, calmamente. "Krisztina gostava de

lagostins, preparados de todas as maneiras. Naquela época ainda havia deles no riacho. Agora não há mais. Mas já é noite, eu não podia mandar alguém ir buscar na cidade a uma hora dessas."

"Cuide bem do vinho", sussurrou o general com ar de cumplicidade. Instintivamente, a ama se aproximou dele e inclinou a cabeça para ouvir melhor suas palavras, com a familiaridade de um empregado que é ao mesmo tempo um membro da família. "Mande subir umas garrafas de Pommard 1886. E uns Chablis para servir com o peixe. E uma garrafa do velho champanhe Mumm, uma daquelas imensas. Sabe onde está?"

"Sei." A ama refletiu. "Mas só sobrou o *brut*. Krisztina bebia o *demi-sec*."

"Só um gole", disse o general. "Nunca tomava mais de um gole, junto com o assado. Não gostava de champanhe."

"O que você quer desse homem?", perguntou a ama.

"A verdade", disse o general, em voz muito baixa.

"Você conhece muito bem a verdade."

"Não conheço", replicou levantando a voz, sem ligar para o criado e para a camareira que, ouvindo sua exclamação, pararam de arrumar as flores e olharam para o alto. Mas logo abaixaram os olhos e continuaram seus afazeres.

"A verdade é justamente o que não conheço", acrescentou.

"Mas conhece os fatos", disse abruptamente a ama, em tom agressivo.

"Os fatos não são a verdade", respondeu o general. "Os fatos só são uma parte. Nem mesmo Krisztina conhecia a verdade. Ele, Konrad, talvez a conhecesse. E agora vou arrancar isso dele", concluiu calmamente.

"O que quer arrancar?", perguntou a ama.

"A verdade", repetiu e calou-se.

Quando o criado e a camareira saíram do salão e eles ficaram a sós, a ama se aproximou e apoiou os cotovelos no parapeito, como se estivessem admirando o panorama do alto de uma montanha. Nessa posição, virada para a sala onde outrora três pessoas estiveram reunidas diante da lareira, disse:

"Você precisa saber de uma coisa. Enquanto estava agonizando, Krisztina evocou o seu nome."

"Sei", disse o general. "Eu estava aqui."

"Estava mas não estava. Estava tão distante como se tivesse ido viajar. Ficou no seu quarto, enquanto ela estava morrendo. Ficamos sozinhas, de manhã. Foi então que chamou por você. Digo-lhe isso para que esta noite você leve isso em conta."

O general permaneceu calado.

"Acho que ele está chegando", disse pouco depois, e se endireitou. "Preste atenção nos vinhos e em tudo, Nini."

De fato, ouviu-se o chiado do cascalho sob as rodas do landau. O general encostou a bengala no parapeito e começou a descer os degraus para ir ao encontro do hóspede. De repente, parou:

"As velas!", disse. "Lembra?... As velas azuis para a mesa. Ainda existem? Mande acendê-las para o jantar e que fiquem acesas."

"Delas não me lembrava", disse a ama.

"Mas eu sim", respondeu o general com obstinação.

A roupa preta lhe dava a aparência de um ancião, mas com o busto ereto e o ar solene desceu as escadas. A porta do salão se abriu de par em par e na moldura da grande porta de vidro, atrás do criado, apareceu um homem velho.

"Está vendo como voltei mais uma vez?", disse o convidado em tom suave.

"Nunca duvidei de que você voltaria", respondeu o general em voz igualmente baixa e sorriu.

Deram-se um educado aperto de mãos.

10.

Aproximaram-se da lareira e se observaram atentamente, com olhar de especialista, apertando os olhos de velhos diante da luz fria e ofuscante de uma luminária na parede.

Konrad era uns meses mais velho que o general: completara setenta e cinco anos na primavera. Os dois examinaram-se com a atenção lúcida que os idosos dedicam ao observar o aspecto físico de gente de sua idade, concentrando-se no essencial, procurando descobrir num rosto, numa postura, os últimos sinais de vitalidade, alguns traços ainda visíveis da vontade de viver.

"Não", disse Konrad com gravidade, "o tempo não nos rejuvenesceu."

Mas cada um deles se deu conta, com espanto mesclado de inveja e ao mesmo tempo com satisfação, que o outro, felizmente, passara nesse exame rigoroso: os quarenta e um anos transcorridos sem se verem — embora todo dia, a cada instante, os dois tivessem absoluta consciência da existência do outro — não os desgastaram. Nós nos defendemos bem, pensou o general. E o convidado, com um estranho senso de complacência, em que a satisfação pelo resultado do exame físico tinha nuances de desilusão e vingativo prazer — desilusão por ter encontrado o amigo viçoso, alerta e em boa saúde, e prazer vingativo por ter conseguido voltar ao castelo com vida e vigor — disse a si mesmo: "Já esperava: por isso ele é tão forte".

Nesse instante, ambos perceberam que o que lhes dera força para se manterem vivos nos anos e anos que tinham se passado era a expectativa de se encontrarem. Como acontece com os que levam a vida toda se preparando para uma única missão e de repente chega o momento de agir, Konrad sabia que um dia retornaria àquele lugar, e o general sabia que um dia chegaria aquele momento. Foi isso que os manteve em vida.

Konrad ainda tinha a tez pálida de seus anos de juventude, como se continuasse a viver entre quatro paredes e a desprezar o ar livre. Também estava vestido de escuro: usava roupas simples mas de ótima qualidade. Vê-se que é rico, pensou o general. Por alguns minutos olharam-se calados. Depois chegou o garçom com o vermute e a aguardente.

"De onde está vindo?", perguntou o general.

"De Londres."

"Você vive lá?"

"Tenho uma casinha nos arredores de Londres. Quando voltei dos trópicos, instalei-me ali."

"Em que região dos trópicos você viveu?..."

"Em Cingapura." Levantou a mão branca e mostrou vagamente um ponto no ar, como se indicasse na imensidão do espaço o lugar onde vivera no passado. "Mas só nos últimos tempos. Antes estava na península, entre os malaios."

"Dizem", observou o general erguendo o copo de vermute e esticando-o para a luz como para dar as boas-vindas ao hóspede, "que os trópicos desgastam as pessoas e fazem com que envelheçam prematuramente."

"São lugares terríveis", disse Konrad. "Tiram dez anos de vida de qualquer um."

"Pelo seu aspecto não se diria. Seja bem-vindo."

Esvaziaram os copos e se sentaram.

"É mesmo?", perguntou o hóspede acomodando-se na frente da lareira, na poltrona debaixo do relógio. O general seguia com atenção seus movimentos. Agora que o amigo do passado ocupara aquela poltrona, no lugar exato em que se sentara da última vez, quarenta e um anos antes — como se dominado pelo influxo magnético que o lugar exercia sobre ele —, fechou os olhos aliviado. Sentia-se como o caçador que vê enfim a caça presa na armadilha, na armadilha que até então ela evitara cautelosamente. Agora estava tudo em seus devidos lugares.

"É, os trópicos são terríveis", repetiu Konrad. "Pessoas como nós não os suportamos. Debilitam as forças, consomem o organismo. Matam alguma coisa dentro dos homens."

"Você foi para lá", perguntou o general com voz inexpressiva e ar displicente, "para matar alguma coisa dentro de si?"

Perguntou de forma cortês, num tom de conversa normal. E por sua vez sentou-se na frente da lareira, na velha poltrona chamada em família "poltrona florentina". Era o lugar que quarenta e um anos antes ocupava toda noite, antes e depois do jantar, quando os três se sentavam no salão, ele, Krisztina e Konrad, para conversar. Então os dois olharam a poltrona vazia estofada de seda francesa.

"Exato", disse Konrad, calmamente.

"Conseguiu?"

"Agora estou velho", disse o convidado e fixou o fogo.

Não respondeu à pergunta. Ficaram assim sentados, sem falar, observando a lenha queimar, até que chegou o mordomo para anunciar que o jantar estava servido.

11.

"Pois é", disse Konrad quando terminaram de comer as trutas. "No início você pensa que com o tempo vai se acostumar." Falava dos trópicos. "Quando cheguei lá, ainda era moço, como você se lembra. Tinha trinta e quatro anos. Fui logo trabalhar numa região pantanosa. Naquelas paragens as pessoas vivem em cabanas com teto de zinco. Eu não tinha um tostão. Era a sociedade colonial que pagava tudo. De noite, você se deita e parece estar imerso numa névoa quente. De manhã, a névoa é mais densa e escaldante. Depois de certo tempo você já nem liga. Todos bebem, as pessoas têm os olhos injetados de sangue. No primeiro ano, você pensa que vai morrer. No terceiro ano percebe que não é mais o mesmo de antes, como se a sua vida tivesse mudado de ritmo. Vive mais apressado, alguma coisa lhe queima por dentro, seu coração bate de outro jeito e ao mesmo tempo você se sente indiferente. Depois chega o momento em que não sabe mais o que lhe está acontecendo, nem o que está acontecendo ao seu redor. Às vezes esse momento só chega cinco anos depois, às vezes, ao contrário, já nos primeiros meses.

É a fase das crises de raiva. Nessas horas muita gente mata o primeiro que aparecer ou se mata."

"Os ingleses também?", perguntou o general.

"Mais raramente. Mas também sofrem o contágio desse delírio, dessa febre que não é causada por nenhum bacilo. Estou absolutamente convencido de que se trata de uma doença cuja causa ainda não se conseguiu descobrir. Talvez seja a água. Talvez sejam as plantas. Ou talvez os amores malaios. É impossível acostumar-se com aquelas mulheres. Há algumas estupendas. Sorriem o tempo todo e têm uma suavidade muito especial na pele, nos gestos, no sorriso, nos hábitos, no modo de servi-lo na mesa e na cama... Mas é impossível acostumar-se a elas. Os ingleses, sim, sabem se defender. Levam a Inglaterra dentro da mala. A arrogância cortês, o distanciamento, a boa educação, os campos de golfe e as quadras de tênis, o uísque e o smoking que vestem à noite nas cabanas de teto de zinco, no meio daqueles pântanos. Nem todos, é verdade. No fundo, tudo isso não passa de lendas. Depois de quatro ou cinco anos quase todos ficam tão embrutecidos como qualquer outro, belgas, franceses, holandeses. Os trópicos corroem as boas maneiras adquiridas no *college*, assim como a lepra corrói a carne. Os trópicos os privam do verniz que adquiriram em Cambridge e Oxford. Como você deve saber, na Inglaterra convém desconfiar de todos os ingleses que passaram certo tempo nos trópicos. As pessoas os respeitam, reconhecem seus méritos, mas desconfiam deles. Tenho certeza de que na ficha confidencial de cada um há uma anotação que diz: 'Trópicos'. Como se dissesse 'Sífilis' ou 'Serviço de Espionagem'. Quem passou muito tempo nos trópicos é um tipo suspeito; mesmo se não fez mais nada além de jogar golfe ou tênis, beber uísque nos círculos de Cingapura, comparecer de vez em quando às recepções do governador vestindo smoking ou o uniforme carregado de condecorações, é sempre uma pessoa suspeita. Porque viveu a experiência dos trópicos, exposto ao contágio de uma doença horrorosa que ignora os bons costumes e exerce, como todo perigo mortal, uma espécie de fascinação misteriosa. Podemos nos curar das doenças tropicais, mas dos trópicos nunca nos curamos."

"Entendo", disse o general. "Você também foi contagiado?"

"Todos são contagiados." O convidado saboreava um Chablis com a cabeça virada para trás, aos golinhos, como bom conhecedor. "Quem se entrega à bebida acaba se safando melhor. Naquelas bandas as paixões permanecem latentes, assim como o tornado atrás dos pântanos, entre os bosques e as montanhas. Paixões de todo tipo. Por isso é que os ingleses insulares desconfiam de qualquer um que chega dos trópicos. Não sabem o que se esconde no sangue, no coração, nos nervos deles. Quem vem do trópico já não é mais um europeu qualquer, isto é certo. Pelo menos, não completamente. Não adianta nada que tenha sido assinante de revistas europeias, que tenha se mantido informado, em plena região dos pântanos, de tudo o que foi escrito e pensado em nossos países, nos anos mais recentes ou nos séculos passados. Não adianta nada: quando está entre compatriotas, o homem dos trópicos vigiará seu comportamento com o mesmo escrúpulo de um bêbado que está entre pessoas sóbrias. Terá modos excessivamente rígidos a fim de não deixar transparecer seu constrangimento, será absolutamente impenetrável, correto e bem-educado... Mas em seu íntimo as coisas serão bem diferentes."

"É mesmo?", disse o general, e levou à luz o copo cheio de vinho branco. "E o que é que existe em seu íntimo?"

E como o outro se calasse:

"Imagino que esta noite você tenha vindo aqui para me contar."

Sentaram-se nas duas cabeceiras da mesa comprida, na grande sala de jantar onde nenhum hóspede havia entrado desde a morte de Krisztina. A sala, em que há décadas não se fazem mais refeições, é como um museu onde se conservam móveis e objetos característicos de uma época passada. As paredes são revestidas de lambris de madeira segundo a velha moda francesa, os móveis vêm de Versalhes. No meio da mesa, coberta por uma toalha adamascada branca, há um vaso de cristal cheio de orquídeas. Em volta do arranjo de flores há quatro estatuetas de porcelana, quatro obras-primas da manufatura de Sèvres, que representam com graça e elegância o Norte, o Sul, o Oriente e o Ocidente. Diante do general está o símbolo do Ocidente, diante de Konrad, o do Oriente: um pequeno sarraceno que ri meio debochado, debaixo de uma palmeira, ao lado de um camelo.

Sobre a mesa há uma fileira de candelabros de porcelana que sustentam grossas velas azuis de igreja. Só os quatro cantos da sala estão iluminados por outras fontes de luz. As chamas das velas queimam altas, a sala está quase na penumbra. Na lareira de mármore cinza, a lenha queima num fogo de chamas pretas e avermelhadas. Mas as porta-janelas de duplo batente não foram totalmente fechadas e as cortinas de seda cinza não estão completamente puxadas. Portanto, de vez em quando entram na sala lufadas de vento da noite de verão, e, através das cortinas finas, distinguem-se a paisagem inundada pelo luar e as luzes da cidadezinha que piscam ao longe.

No meio da mesa comprida decorada de flores e iluminada a velas, de costas para a lareira, há uma outra poltrona forrada de *gobelin*. Aqui, no passado, era o lugar de Krisztina, a mulher do general. Substituindo o prato e os talheres ausentes, colocou-se o bibelô de porcelana que representa o Sul: nesse palmo de espaço, um leão, um elefante e um homem de rosto preto enrolado num albornoz parecem montar guarda para alguma coisa, todos juntos, pacificamente. O mordomo, de casaca preta, vigia imóvel do fundo da sala, ao lado da mesa de serviço; coordena com olhares imperiosos os movimentos dos garçons, que esta noite vestem libré à francesa: calças até debaixo do joelho e fraque preto, um uso introduzido na época da mãe do general, a qual, toda vez que se faziam refeições nessa sala — onde cada peça que a mobiliava, incluindo os pratos, os talheres de *vermeil*, as garrafas, os copos de cristal e até os revestimentos das paredes, vinha da pátria da estrangeira — exigia que os garçons servissem a mesa vestindo uniformes de época. Na sala reina tal silêncio que se ouve até o leve crepitar da lenha queimando. O general e seu convidado falam quase aos sussurros, mas se compreendem, porque as paredes quentes revestidas de madeira também ressoam as palavras ditas a meia voz, assim como a madeira de um instrumento musical amplifica os sons emitidos pelas cordas.

"Não", diz Konrad, que enquanto isso continuava a comer e a refletir. "Vim porque estava em Viena."

Come depressa, com gestos elegantes, mas entorpecidos, típicos dos velhos. Agora encosta o garfo na beira do prato, inclina-se um pouco para a frente e, virando-se para o dono da casa, sentado na outra cabeceira da mesa, exclama quase aos gritos:

"Vim porque queria vê-lo mais uma vez. Não é natural?"

"Nada mais natural", responde o general, cortês. "Então você passou por Viena. Deve ter sido uma bela experiência, depois de ter conhecido os trópicos e as paixões. Fazia muito tempo que já não ia a Viena?"

"Muito tempo", responde Konrad. "Quarenta e um anos. Naquela época...", diz com voz insegura, e emudece sem querer, embaraçado, "...naquela época passei por Viena, em viagem para Cingapura."

"Entendo", diz o general. "E agora, o que encontrou em Viena?"

"Mudanças", responde. "Na minha idade e na minha situação sempre encontramos mudanças e em qualquer lugar. É verdade que fazia quarenta e um anos que eu não voltava ao continente. Passei apenas algumas horas nos portos franceses, durante a viagem de Cingapura para Londres. Mas queria ver Viena mais uma vez. E esta casa."

"Resolveu fazer a viagem por causa disso?", pergunta o general. "Para rever Viena e esta casa? Ou devia tratar de negócios no continente?"

"Não tenho mais nada a tratar. Estou com setenta e cinco anos, como você. Daqui a pouco morrerei. É por isso que resolvi fazer a viagem e é por isso que estou aqui."

"Dizem", replica o general, gentil e em tom encorajador, "que quando se chega a essa idade a gente vai avançando até se cansar de viver. Acha que é isso mesmo?"

"Eu já estou cansado", diz o convidado.

Fala sem ênfase, com ar indiferente.

"Viena", prossegue. "Sabe, enquanto eu estava longe aquela cidade representava para mim o diapasão do mundo. Pronunciar o nome *Viena* era como fazer vibrar esse diapasão. Eu observava a pessoa com quem estava falando para ver como reagia. Era meu modo de pôr os outros à prova. Quem não tinha nenhuma reação não era dos meus. Porque Viena não é só uma cidade, seu nome tem um som que alguns sentem vibrar no fundo da alma para sempre e outros não. Foi a coisa mais bonita de minha vida. Era pobre mas não estava sozinho, porque tinha um amigo. E Viena também era como um amigo. Nos trópicos, quando chovia, eu ouvia sempre sua voz. E em mil outras ocasiões. O cheiro de mofo que pairava na escada do prédio de Hietzing me voltava à cabeça até no meio da selva. A música e tudo o que eu amava em Viena vibrava nas pedras, no olhar e na cortesia dos homens, assim como vivem nos corações as paixões já purificadas — você sabe, essas paixões que não nos fazem mais sofrer. Viena no inverno e na primavera. As alamedas de Schönbrunn. A luz azul no dormitório do colégio, a grande escadaria branca com as estátuas barrocas. As cavalgadas de manhã, no Prater. Os cavalos brancos da escola de equitação. Eu me lembrava intensamente de tudo isso e queria rever tudo mais uma vez", diz em voz baixa, quase envergonhado.

"E o que encontrou, quarenta e um anos depois?", volta a perguntar o general.

"Uma cidade", responde Konrad, e dá de ombros. "Mudada."

"Aqui", diz o general, "pelo menos você não corre o risco de ficar decepcionado. Aqui entre nós quase nada mudou."

"Você não viajou nos últimos anos?"

"Pouco." O general fixa a chama das velas. "Só a serviço. Por algum tempo estive pensando em abandonar o exército, como você fez. Houve um momento em que de fato cogitei largar tudo. Ir embora também, dar a volta ao mundo, zanzar por aí, procurando, indo em busca de alguma coisa ou de alguém."

Agora evitavam olhar-se: o convidado fixa o copo de cristal cheio de um líquido cor de âmbar, o general fixa a chama faiscante das velas. "Mas afinal permaneci aqui. Você sabe como é a carreira militar. A gente vai endurecendo, vai ficando obstinado. Eu havia prometido a meu pai ficar no exército até o fim. Assim fiz. Mas não demorei a ir para a reserva. Tinha pouco mais de cinquenta anos quando me ofereceram o comando de uma brigada. Eu me sentia jovem demais para essa missão. Então, pedi para ir para a reserva. Foram compreensivos e aceitaram. Aliás", diz, e enquanto isso faz sinal ao garçom para servir-lhe um pouco de vinho tinto, "logo depois começou um período em que o serviço já não oferecia nenhuma satisfação. Foi a época da revolução. Das mudanças."

"É", responde o convidado. "Ouvi falar disso."

"Ouviu falar, simplesmente? Pois nós vivemos isso", diz o general em tom severo.

"Talvez não tenha ouvido falar, simplesmente", responde o convidado. "Sim, 1917. Foi nessa época que voltei pela segunda vez aos trópicos. Estava trabalhando em plena região de pântanos, com cules chineses e malaios. Os chineses são os melhores. Apostam tudo nos jogos de cartas, mas são os melhores. Vivíamos embrenhados nos pântanos, no meio da selva. Não havia telefone. E nem rádio. A guerra grassava no mundo. Nessa época eu já era cidadão britânico, mas as autoridades inglesas perceberam que eu não podia lutar contra o país onde nasci. Os ingleses mostram-se compreensivos com essas coisas. Foi assim que pude voltar aos trópicos. Lá, não éramos informados de nada, e os cules eram os últimos que poderiam saber de alguma coisa, no meio dos pântanos, sem jornais, sem rádio. Após semanas inteiras sem que chegassem notícias do mundo, uma bela manhã, ao dar meio-dia, interromperam o trabalho. Sem nenhum motivo. Nada havia mudado em torno deles, as condições de trabalho, o sistema disciplinar, a comida, tudo era como sempre, nem particularmente bom nem mau, como podia e devia ser em lugares desse tipo. Então, numa bela manhã de 1917, ao meio-dia em ponto, declararam que não iam mais continuar trabalhando. Da mata cerrada despontaram quatro mil cules de torso nu, sujos de lama até a cintura, largaram as ferramentas, machados, enxadas, e disseram chega! Apresentaram reivindicações de todo tipo. Exigiram que os proprietários não tivessem mais o direito de estabelecer as sanções disciplinares. Reclamaram um aumento de salário. Intervalos maiores durante o horário de trabalho. Não se conseguia entender o que dera neles. Quatro mil cules se transformaram diante de meus olhos em quatro mil diabos amarelos e morenos. De tarde, montei a cavalo e fui a Cingapura. Foi lá que fiquei sabendo da notícia. Na península fui um dos primeiros a tomar conhecimento da novidade."

"De que novidade?", pergunta o general e se inclina para a frente.

"Soube que na Rússia estourara a Revolução. Um homem, de quem na época só se sabia que se chamava Lênin, retornara ao país natal num vagão chumbado, levando na bagagem o bolchevismo. Em Londres soube-se da notícia no mesmo dia em que souberam meus cules do meio da selva, entre os pântanos, sem rádio nem telefone. Era incompreensível. Mais tarde, porém, compreendi. As coisas importantes acabam se sabendo, mesmo sem aparelhos nem telefones."

"Você acha mesmo?", pergunta o general.

"Tenho certeza", responde Konrad. Depois, pergunta de repente: "Quando Krisztina morreu?".

"Como é que você pode saber que Krisztina morreu?", pergunta o general com voz indiferente. "Você viveu nos trópicos, não pôs os pés no continente durante quarenta e um anos. Foi uma intuição, da mesma maneira que os cules intuíram que a revolução estourara?"

"Se foi intuição?", replica o convidado. "É possível. Mas é que ela não está sentada entre nós. Onde poderia estar, senão na sepultura?"

"É", diz o general. "Está enterrada aqui, no jardim, perto das estufas. Como era desejo dela."

"Morreu há muito tempo?"

"Oito anos depois que você foi embora."

"Oito anos depois", diz o convidado, e sua boca exangue, com as brancas próteses dentárias, mexe-se em silêncio, como se mastigasse ou calculasse alguma coisa. "Com trinta anos de idade." Recomeça a contar a meia voz. "Se fosse viva, teria hoje setenta e três anos."

"É. Seria uma velha, assim como nós."

"O que aconteceu com ela?"

"Disseram que morreu de anemia perniciosa. Uma doença bastante rara."

"Menos rara do que você pensa", responde Konrad num tom de especialista. "Nos trópicos é frequente. Quando mudam as condições de vida das pessoas a composição do sangue também se modifica."

"É possível", diz o general. "É possível que também seja bastante frequente na Europa, quando mudam as condições de vida de alguém. Não entendo do assunto."

"Também não entendo muito. Mas nos trópicos o físico sempre apresenta problemas. Tem gente que às vezes vira bruxo. Os próprios malaios fazem essas bruxarias, o tempo todo. Então, ela morreu em 1907", disse enfim, com voz inexpressiva, como se enquanto isso tivesse continuado a refletir até chegar ao resultado final. "Nessa época você ainda estava no exército?"

"Estava. Fiquei no exército durante toda a guerra."

"Como foi ela?"

"A guerra?" O general encarou seu hóspede com olhos embaçados. "Foi terrível, assim como os trópicos. Sobretudo o último inverno, no Norte. A vida também pode ser uma aventura aqui na Europa", diz o general e sorri.

"Uma aventura?... É, pode ser." O convidado concorda, compreensivo. "Creia em mim, o pensamento de não estar na pátria enquanto vocês estavam lutando me fez sofrer mais de uma vez. Também pensei em voltar para casa e apresentar-me ao regimento."

"Isso", diz o general em tom cortês mas firme, "pensaram vários outros, no regimento. Mas o fato é que você não voltou. Provavelmente tinha mais o que fazer", acrescenta.

"Eu era cidadão inglês", repete Konrad embaraçado. "Não se pode mudar de pátria a cada dez anos."

"Claro que não", concorda o general. "Creio ao contrário

que não se pode mudar de pátria em nenhuma hipótese. Só se pode mudar de documentos. Você não pensava assim?"

"Minha pátria", diz o hóspede, "não existe mais, desintegrou-se. Minha pátria eram a Polônia e Viena, esta casa e o quartel lá na cidade, a Galícia e Chopin. Que sobrou de tudo isso? O misterioso elemento que unificava todas as coisas esgotou seu efeito. Tudo caiu aos pedaços, só restaram os fragmentos. A pátria para mim era um sentimento. Esse sentimento foi ferido. Em casos como estes, a gente vai embora. Para os trópicos ou para mais longe ainda."

"Mais longe, para onde?", pergunta friamente o general.

"Para o passado."

"Este vinho", diz o general levantando o copo de vinho tinto, quase preto, "talvez você se recorde do ano. Foi da vindima de 1886, do ano em que prestamos juramento de fidelidade ao imperador. Meu pai mandou encher uma ala da adega com essas garrafas, em homenagem àquele dia. Desde então passaram-se muitos anos, quase uma vida inteira. Agora, é um vinho velho."

"Nada daquilo a que juramos fidelidade existe mais", diz o hóspede, gravemente, e por sua vez ergue o copo. "Todos morreram, ou então foram embora, renunciaram a tudo o que juramos defender. Havia um mundo pelo qual valia a pena viver e morrer. Esse mundo morreu. O novo já não faz o meu gênero. É tudo o que posso dizer."

"Para mim aquele mundo continua vivo, mesmo se na realidade não existe mais. Está vivo porque jurei fidelidade a ele. É tudo o que posso dizer."

"É, você se manteve um verdadeiro soldado", responde Konrad.

Erguem as taças num brinde silencioso, depois as esvaziam sem acrescentarem mais nada.

12.

"Quando você foi embora", recomeça o general cordialmente, como se agora, depois de ter esgotado as questões mais importantes e delicadas, pudessem se dedicar com calma à conversa, "acreditamos por muito tempo que voltaria, mais cedo ou mais tarde. Aqui todos esperavam o seu retorno. Todos eram seus amigos. Desculpe a franqueza, mas você era um sujeito meio extravagante. Nós o desculpávamos, conscientes de que para você a música era mais importante que tudo. Não conseguíamos explicar por que tinha ido embora, mas nos conformamos, pois percebíamos que devia ter feito isso por um motivo bastante grave. Sabíamos que para você tudo era mais difícil de suportar do que para nós, que éramos verdadeiros soldados. O que para você era profissão para nós era vocação. O que para você era máscara para nós era destino. Por isso não nos espantamos quando você disse que iria arrancar a máscara. Mas achávamos que um dia voltaria. Ou que escreveria. Muitos acreditavam nisso, inclusive eu, confesso, e Krisztina também. E alguns companheiros do regimento, não sei se você se lembra."

"Minhas lembranças tornaram-se muito vagas", diz o convidado, com indiferença.

"É, você deve ter passado por uma quantidade de experiências. Viveu andando pelo mundo. Nessas condições, as lembranças se esvaem depressa."

"Não", diz Konrad. "O mundo não significa nada. Jamais nos esquecemos dos fatos importantes. Só me dei conta disso mais tarde, à medida que me aproximava da velhice. Mas os fatos marginais não existem, desaparecem como sonhos. Por exemplo, não me lembro mais do regimento", diz, em tom firme. "De um tempo para cá só me lembro dos fatos essenciais."

"Viena e esta casa, por exemplo? É a isso que se refere?..."

"Viena e esta casa", repete automaticamente o hóspede. Aperta os olhos e olha diante de si, piscando. "A memória filtra tudo de uma forma inacreditável. Há grandes acontecimentos que dez, vinte anos depois, a gente descobre que nada mudaram dentro de nós. E depois, um belo dia nos vêm à memória uma caçada, um detalhe de um livro, ou esta sala. A última vez que jantamos aqui éramos três. Krisztina ainda estava viva. Estava sentada aqui, no meio. E na mesa havia os mesmos bibelôs de porcelana."

"É", diz o general. "Na sua frente estava o Oriente, na frente de Krisztina, o Sul. E na minha frente, o Ocidente."

"Lembra-se até desses detalhes?", pergunta o hóspede, pasmo.

"Lembro-me de tudo."

"É, às vezes os detalhes têm grande importância. Em certo sentido funcionam como uma cola, fixam a matéria essencial das recordações. Várias vezes pensei a mesma coisa nos trópicos, quando chovia. Que chuva!", diz, como se quisesse mudar de assunto. "Não para durante meses inteiros. Fica tamborilando no teto de zinco da cabana como uma metralhadora. O pântano fumega, a chuva é quente. Tudo fica encharcado de umidade, os lençóis, a roupa de baixo, os livros, o fumo na tabaqueira de metal, o pão. Tudo é pegajoso. Você fica em casa sentado, os malaios cantam. A mulher que trabalha na sua casa fica sentada imóvel num cantinho olhando-o. São capazes de ficar sentadas assim horas a fio, imóveis, olhando-o. No início, você não liga. Depois fica nervoso e manda-a sair do quarto. Mas não adianta nada; sabe que ela então irá se sentar em outro lugar, em algum outro cômodo da casa, e continuará olhando-o através das paredes. Têm grandes olhos escuros parecidos com os olhos dos cães tibetanos, essas carcaças silenciosas que são as feras mais desleais do mundo. Olham-no com aqueles olhos brilhantes e calmos, e aonde quer que você vá continua a sentir esse olhar que o persegue como um raio maléfico. Se começa a berrar, ela sorri. Se a cobre de insultos, ela o olha e sorri. Se a manda embora, senta-se na soleira da casa e o olha. Então você é obrigado a chamá-la de volta. Botam um filho atrás do outro no mundo, mas disso ninguém fala, elas menos ainda. É como se você tivesse em casa uma fera, uma assassina, uma sacerdotisa, uma feiticeira e uma louca ao mesmo tempo. Depois você se cansa, porque esse olhar tem tamanha força que acaba desgastando até o homem mais resistente. Tem a violência de um contato físico e a insistência de uma carícia. É de enlouquecer. Depois, mesmo isso acaba deixando-o indiferente. Cai a chuva. Você está sentado na sala, bebe aguardente, muitíssima aguardente, e fuma um tabaco doce. De vez em quando chega alguém, não tem muito o que dizer, bebe aguardente e fuma um tabaco doce igual a você, que decide ler, mas é como se a chuva caísse nas páginas, confundisse as palavras: você não consegue captar o significado delas, escuta o barulho da chuva. Resolve tocar piano, mas a chuva se senta ao seu lado, para acompanhá-lo. Depois chega a estiagem, que lembra um cintilar vaporoso. Nessa toada, a gente envelhece depressa."

"A *Fantaisie polonaise*", pergunta gentilmente o general, "você algum dia a tocou nos trópicos?"

Agora estão comendo o rosbife malpassado, com grande apetite, mastigando bem, com a voracidade e a concentração dos velhos, para quem comer não significa simplesmente alimentar-se, mas cumprir um ato ancestral e solene. Mastigam e engolem com toda a atenção, pois isso vai lhes dar novas forças. Para agirem precisam ser fortes, e a força também se extrai da comida, do rosbife sangrento e do vinho tinto. Comem fazendo um pouco de barulho, com a devoção e o lúgubre abandono de quem não tem mais tempo para fazê-lo com elegância, porque é mais importante mastigar meticulosamente todas as fibras da carne, sugar de sua substância as forças vitais necessárias. Parecem chefes tribais num banquete ritual: solenes e metódicos, com ar grave e cauteloso.

De um canto da sala, o mordomo segue com olhar apreensivo os gestos do garçom, que, vestindo luvas brancas, chega mantendo em equilíbrio uma grande bandeja. No centro da bandeja, cercado de línguas de fogo azuladas e amareladas, flameja um sorvete de chocolate.

Os garçons servem champanhe nas taças do convidado e do dono da casa. Os dois velhos cheiram com ares de entendidos o néctar cor de palha que sai de uma garrafa do tamanho de um bebê.

O general toma um gole de champanhe, depois põe a taça de lado. Faz sinal para lhe servirem o vinho tinto. O convidado observa a operação entreabrindo os olhos. Comeram e beberam muito, e agora estão com os rostos vermelhos.

"Na época do meu avô", diz o general, "punha-se uma pinta de vinho diante de cada convidado. Era a dose que tocava a cada um. Uma pinta, um litro e meio. 'Vinho de mesa', como se chamava. Meu pai contava que também se punha vinho de mesa em garrafas de cristal diante dos convidados do rei. Uma para cada conviva. Por isso é que se chamava vinho de mesa: porque ficava ali e se podia bebê-lo à vontade. Os vinhos de qualidade eram servidos à parte. Essa era a regra vigente para as bebidas na mesa do rei."

"Sei", diz Konrad, de rosto vermelho, concentrado na digestão. "Naquela época tudo se passava segundo as regras", diz com displicência.

"O rei se sentava ali", diz o general, distraído, indicando com um sinal o lugar do rei no centro da mesa. "Minha mãe sentava-se à sua direita, o pároco à sua esquerda. Ele ficava no lugar de honra. Dormia no primeiro andar, no quarto amarelo. Uma noite, depois do jantar dançou com minha mãe", diz concentrado e com um jeito quase infantil, como fazem os velhos quando se entregam às recordações. "Está vendo, além de você não há mais ninguém com quem eu possa falar dessas coisas. Também por isso estou feliz que tenha vindo mais uma vez", diz muito sério. "Um dia você tocou a *Fantaisie polonaise* com minha mãe. Depois disso nunca mais a tocou, nos trópicos?", pergunta de novo, como se finalmente tivesse se lembrado da coisa mais importante.

O hóspede reflete.

"Não. Nos trópicos nunca toquei Chopin. Sabe, é uma música que me emociona muito. Nos trópicos nos tornamos mais impressionáveis."

Agora que comeram e beberam, a reserva e a cerimônia da primeira meia hora se desfizeram. O sangue flui mais quente em suas artérias esclerosadas, suas veias da testa e das têmporas estão saltadas. Comem uvas e nêsperas. A sala está quente, a brisa da noite de verão levanta as cortinas de seda cinza diante das porta--janelas entreabertas.

"Podemos ir tomar o café ali", diz o general.

Nesse momento, uma ventania escancara as janelas. As cortinas começam a esvoaçar, até o maciço lustre de cristal balança, como nos grandes barcos quando cai uma tempestade. Por um instante o céu se ilumina, um relâmpago cor de enxofre fende a noite, como um machado de ouro que se abate sobre a vítima sacrificial. A tempestade invade a sala, fragorosa, apaga as chamas bruxuleantes de algumas velas; depois, de repente, tudo mergulha na escuridão. O mordomo, tateando no escuro, e com a ajuda de dois garçons, se precipita para fechar os batentes das janelas. Só então percebem que a cidade também está mergulhada no breu.

O raio caiu na central elétrica. Os dois velhos se sentam no escuro, calados; o ambiente só é iluminado pelo fogo da lareira e pelas duas velas que ficaram acesas, queimando solitárias. Depois surgem os criados com outros candelabros.

"Vamos para lá", repete o general, com ar de quem não liga para o raio nem para a escuridão.

Um criado o precede levando no alto um castiçal para iluminar seus passos. Caminham calados nessa luz espectral, um pouco hesitantes, vacilando como suas sombras projetadas nas paredes. Ao saírem da sala de jantar atravessam salões gelados, chegam numa sala cujo mobiliário se limita a um piano de cauda com a tampa levantada e três poltronas em volta de uma estufa barriguda de faiança onde queimam as brasas. Ali se sentam e, pela cortina branca que cai até o chão, olham a paisagem imersa nas trevas. O criado coloca o café, os charutos e a aguardente numa mesinha ao alcance da mão, e, na bancada da lareira, um candelabro de prata com velas de igreja da largura de um braço de criança. Depois, os dois acendem um charuto. Sentam-se calados, se aquecem. Da estufa vem o calor uniforme da boa lenha, a luz das velas ondula sobre suas cabeças. A porta foi fechada. Estão a sós.

13.

"Já não nos resta muito tempo de vida", diz o general de repente, como se tirasse as conclusões de uma conversa muda. "Um ano ou dois, talvez até menos. Não temos muito tempo pela frente, o que você sabe tão bem quanto eu, e é por isso que está de volta. Teve tempo para refletir sobre essas coisas, nos trópicos, e depois em sua casa nos arredores de Londres. Quarenta e um anos é muito tempo. Refletiu muito, não foi?... E depois voltou, pois não podia agir de outra maneira. E eu o esperei, pois também não podia agir de outra maneira. E ambos sabíamos que iríamos nos encontrar mais uma vez, e que depois seria o fim. Da vida, e naturalmente de tudo o que deu um sentido às nossas vidas e nos manteve até agora nesse estado de tensão, porque um segredo como o que existe entre mim e você tem uma força singular. Uma força que queima o tecido da vida como uma radiação maligna, mas ao mesmo tempo dá calor à vida e a mantém nesse estado de tensão. Obriga-nos a viver... O homem vive enquanto tem alguma coisa a fazer nesta terra. Vou lhe contar minhas experiências nos quarenta e um anos que passei aqui sozinho, no meio da floresta, enquanto você vivia nos trópicos e andava pelo mundo. A solidão também é uma realidade muito singular... às vezes se parece com a selva, cheia de perigos e surpresas. Conheço-a em todas as suas formas. Primeiro, o tédio que você tenta em vão expulsar graças a um modo de vida construído artificialmente. E depois as crises repentinas. Sim, a solidão é tão misteriosa como a selva", repete, insistindo. "Um homem tem uma vida rigorosamente ordenada, até que um dia perde a cabeça e quebra tudo, como os seus malaios. Tem uma casa confortável, tem títulos e uma posição social, tem um modo de viver regulado com precisão maníaca. E um belo dia ele se precipita, sai de casa, de arma na mão ou desarmado... o que é até mais perigoso... e deixa tudo para trás. Lança-se pelo mundo, de olhos esbugalhados e fixos; os companheiros, os velhos amigos recuam para deixá-lo passar. Vai zanzar pelas metrópoles, compra mulheres, procura briga, e encontra, em qualquer lugar, e em torno dele tudo se espatifa. E, como eu lhe dizia, isso ainda não é o pior. É possível que seja morto durante essa corrida, como um cão raivoso. Ou que encontre mil obstáculos até quebrar a cabeça contra uma parede. Mas o pior é sufocar dentro de si as paixões que a solidão acumulou. Quem faz isso não foge de lugar nenhum, não mata ninguém. Então, o que faz? Vive, espera, mantém sua vida bem organizada. Vive como um monge, mas segue uma estranha regra laica, aliás, pagã... Para um monge tudo é mais simples, pois acredita em alguma coisa. O homem em questão, que entregou sua alma e seu destino à solidão, não acredita em nada. Espera e só. Espera o dia ou a hora em que mais uma vez poderá conversar com a pessoa ou as pessoas que o reduziram a essa condição; conversarão sobre as razões que o obrigaram a essa solidão. Prepara-se para esse momento por dez ou quarenta anos, digamos até, para sermos exatos, por quarenta e um anos, assim como quem se prepara para um duelo. Cuida de tudo o que é seu para não ficar devendo nada a ninguém se por acaso tiver que morrer no embate. E treina todos os dias, como fazem os espadachins profissionais. Como treina? Graças às recordações, fazendo com que a solidão e o tempo que passa não esmoreçam o que leva em seu coração. Já que em sua vida há a perspectiva de um duelo, mesmo sendo um duelo sem espadas, vale a pena preparar-se até o fim. E eis que um belo dia chega o momento. Você também acredita nisso?"

"Totalmente", diz o hóspede. E olha a cinza do charuto.

"Alegro-me que também acredite", diz o general. "Foi essa espera que me manteve em vida. Naturalmente, como para tudo o que é parte da vida, neste caso também existe um prazo. Se eu não tivesse certeza que um dia você voltaria, é provável que fosse à sua procura, ontem ou vinte anos atrás. E com certeza o encontraria, onde quer que fosse... na sua casa perto de Londres, ou nos trópicos entre os malaios, ou até nos confins do inferno. Porque o teria procurado, você sabe muito bem. Parece que os fatos verdadeiros, os decisivos, a gente acaba sabendo. Você tem razão: acaba-se sabendo sem precisar de rádio nem telefone. Na minha casa não tem telefone, a não ser um aparelho lá no escritório do intendente, e não tem rádio, pois nos aposentos onde vivo proibi a entrada dos ruídos alucinantes deste mundo. O mundo exterior nada pode contra mim. Novos sistemas mundiais podem aniquilar o ambiente em que nasci e vivi, forças agressivas e obscuras podem destruir-me, tirar-me a liberdade e a vida. Para mim tanto faz. O importante é não pactuar com o mundo que conheci e que excluí de minha vida. E no entanto, mesmo sem os meios de comunicação modernos, eu sabia que você estava vivo e que um dia retornaria à minha casa. Não apressei a chegada desse momento. Queria esperá-lo como se espera a hora e a vez de cada coisa. E agora, ei-lo aqui."

"O que quer dizer com isso?", pergunta Konrad. "Fui embora e tinha o direito de ir. É verdade, fui embora de repente, sem me despedir de ninguém. Mas você sabia, e de toda maneira perceberia que eu não podia agir de outra forma, que esse era meu destino."

"Não podia agir de outra forma?", pergunta o general, levantando a cabeça. Fixa o hóspede com olhar penetrante, como se fosse um objeto. "É justamente esse o ponto, sobre o qual me indago há tanto tempo. Fazendo os cálculos, há quarenta e um anos."

E como o outro permanece em silêncio:

"Agora que estou velho, penso com frequência na minha meninice. Dizem que é um processo natural. Quando o fim se aproxima, a recordação dos primeiros tempos ganha nitidez e intensidade. Vejo rostos e ouço vozes. Vejo o instante em que o apresentei a meu pai no jardim do colégio. Ele o aceitou como amigo, porque você era meu amigo. Não confiava sua amizade a qualquer um. Falava pouco, mas podia-se confiar no que dizia, até a morte. Lembra-se daquele instante?... Estávamos em pé sob os castanheiros, diante da escadaria da entrada, e meu pai apertou sua mão. 'Você é o amigo de meu filho', disse. 'Honre esta amizade', acrescentou solene. Creio que para ele não havia nada mais importante que a honra. Está me ouvindo?... Obrigado. Então vou continuar. Tentarei seguir a ordem dos fatos. Não se preocupe, o carro o está esperando para levá-lo de volta à cidade a qualquer momento, se preferir ir embora. Não será obrigado a passar a noite aqui, se não desejar. Sei que talvez não seja muito agradável para você dormir aqui. Mas se preferir, também pode pernoitar", diz com indiferença, como quem não quer nada. E quando o outro faz um sinal como que negando: "Você é que sabe. O carro está à sua disposição. Vai levá-lo à cidade, e amanhã de manhã poderá voltar para casa, nos arredores de Londres ou nos trópicos, onde preferir. Mas, primeiro, escute".

"Escuto", diz o hóspede.

"Obrigado", prossegue o general em tom mais animado. "Poderíamos também falar de outros assuntos. Dois velhos amigos têm muitas lembranças em comum, quando sobre eles o sol se põe. Mas já que agora você está aqui, falaremos só da verdade. Eu havia começado dizendo que meu pai o aceitou como amigo. Você sabe muito bem o que isso significava para ele; sabe que, em caso de desgraças ou desventuras de qualquer tipo, a pessoa cuja mão ele apertara podia contar com ele até a morte. É verdade que era pouco frequente que apertasse a mão de alguém. Mas, quando se decidia a fazê-lo, era para sempre. Foi assim que apertou sua mão no pátio do colégio, sob os castanheiros. Na época, tínhamos doze anos. Esse fato assinava o fim de nossa meninice. Às vezes, de noite, revejo esse instante com a máxima clareza, como todas as coisas que foram importantes em minha vida. Para meu pai a palavra 'amizade' tinha exatamente o mesmo significado de 'honra'. Você sabia bem disso, pois o conhecia bem. E para mim, deixe-me dizer-lhe, talvez significasse mais ainda. Desculpe se o que direi agora talvez vá deixá-lo pouco à vontade", diz calmamente, quase com afeto.

"Não me deixará pouco à vontade", responde Konrad no mesmo tom. "Continue."

"Fico pensando", prossegue o general como se estivesse falando consigo mesmo, "se a amizade existe realmente. Não me refiro ao prazer ocasional de duas pessoas que se alegram por ter se encontrado num dado momento de suas vidas em que pensam da mesma maneira sobre determinados assuntos, descobrem os mesmos gostos e preferem as mesmas lutas. Nada disso tem a ver com a amizade. Às vezes acho que ela representa a relação mais íntima que existe na vida... Talvez por isso seja tão rara. E então, em que se funda? Na simpatia? É um termo impróprio, brando demais: não se pode dizer que a simpatia seja suficiente para levar duas pessoas a se responsabilizarem uma pela outra nas situações mais críticas de suas vidas. Então, em que mais? Não haverá talvez uma pitada de Eros no fundo de todas as relações humanas? Aqui, na minha solidão, no meio da floresta, enquanto me esforçava, não tendo outra coisa a fazer, em compreender os fatos da vida, de vez em quando meditava sobre essas questões. Naturalmente, a amizade não tem nada em comum com as inclinações de quem procura satisfazer seu desejo doentio com pessoas do mesmo sexo. O Eros da amizade não precisa dos corpos... estes, ao contrário, o perturbam mais do que o atraem. Mas sempre se trata de Eros. Há um Eros no fundo de todos os afetos e de todas as relações humanas. Sabe, li muito", diz quase se desculpando. "Hoje se escreve muito mais livremente sobre essas coisas. Mas também li e reli Platão, pois na escola ainda não o compreendia. Pensei comigo mesmo — e certamente você, que andou pelo mundo mais que eu, sabe muito mais do que sei em minha solidão campestre — que a amizade é a relação mais nobre que existe entre os seres humanos. É estranho, mas os animais também a conhecem. A amizade, a abnegação, a solidariedade também existem entre os animais. Um príncipe russo escreveu alguma coisa a esse respeito... não me lembro mais seu nome. Leões, tetrazes, criaturas de todas as espécies fazem o melhor que podem para socorrer seus semelhantes em apuros, comprovei com meus olhos que às vezes prestam auxílio até a bichos de espécie diferente. Já lhe aconteceu alguma experiência do gênero, enquanto estava no estrangeiro? Naquelas paragens a amizade talvez seja diferente, mais avançada e moderna do que é entre nós, no nosso mundo atrasado. As criaturas se organizam para se ajudar mutuamente... às vezes têm dificuldades em superar os obstáculos que surgem quando vão intervir, mas em todas as comunidades há sempre criaturas fortes prontas a oferecer sua ajuda. Como lhe disse, encontrei centenas desses exemplos no mundo animal. Entre os homens, os exemplos que encontrei foram mais raros. Para ser exato, nenhum. As simpatias que vi nascer entre os homens sempre naufragaram, no final, em pântanos de egoísmo e vaidade. O companheirismo ou mesmo uma associação entre os homens assume por vezes um semblante de amizade. Aqui e ali, interesses comuns produzem situações parecidas com a amizade. E para fugir da solidão os homens se entregam de bom grado a relações confidenciais das quais em seguida se arrependem, mas que por certo tempo permitem-lhes ter a ilusão de que uma simples confidência já seria uma forma de amizade. É claro que nesses casos nunca se trata de verdadeira amizade. Imagina-se — e meu pai ainda estava convencido disso — que a amizade é um serviço que se presta. Mas o amigo, assim como o apaixonado, não deve esperar uma recompensa para seus sentimentos. Não tem que exigir contrapartidas por seus serviços, não deve considerar que a pessoa eleita é uma criatura fantástica, deve conhecer seus defeitos e aceitá-la como é, com todas as consequências. Isso seria o ideal. E, de fato: será que vale a pena viver, ser homem, sem um ideal desses? E se um amigo nos decepciona porque não é um amigo de verdade, será que podemos acusá-lo, jogar-lhe na cara o seu caráter, a sua fraqueza? Quanto vale uma amizade que ambiciona ser premiada? Será que não temos o dever de aceitar o amigo infiel exatamente como o amigo fiel e cheio de abnegação? Será que não é esse talvez o conteúdo mais autêntico de toda relação humana, esse altruísmo que do outro nada exige e nada espera, absolutamente nada? E que quanto mais o outro nos dá tanto menos esperamos ser recompensados? Quem dedica ao outro toda a confiança da juventude e toda a abnegação da idade madura, além do dom mais precioso que uma criatura pode oferecer a seu semelhante — a fé mais apaixonada, cega e absoluta —, e se vê recompensado com a infidelidade e o abandono, tem talvez o direito de se ofender, de querer se vingar? E se o que foi traído e abandonado se ofende, se grita por vingança, era realmente um amigo? Veja, são essas as perguntas às quais me esforcei por responder quando fiquei sozinho. A solidão, é claro, não me forneceu nenhuma resposta. Tampouco os livros me responderam de forma exaustiva. Nem os livros antigos, os textos dos sábios chineses, judeus e latinos, nem os modernos, que usam termos explícitos mas só contêm palavras e não a verdade. E depois, no fundo, alguém já disse ou escreveu a verdade?... Várias vezes me fiz essa pergunta, quando comecei a investigar em minha alma e nos livros. O tempo passava, a vida ao redor se transformava, descia uma espécie de crepúsculo. Os livros e as recordações se acumulavam, se adensavam mais e mais. E cada livro continha um pedaço da verdade, e cada recordação me ensinava que é inútil tentar descobrir a verdadeira natureza das relações humanas, pois esse conhecimento não nos ajudará a ficar mais sábios. Por isso é que não temos o direito de exigir franqueza e fidelidade absoluta de quem escolhemos como amigo, tanto mais se os acontecimentos demonstraram que esse amigo nos foi infiel."

"Tem absoluta certeza", pergunta o hóspede, "de que esse amigo foi infiel?"

De súbito os dois emudecem. No escuro, à luz vacilante das velas, são duas figuras minúsculas: dois frágeis velhos encarquilhados que se olham e quase se perdem na penumbra.

"Não tenho absoluta certeza", diz o general. "É por isso que você está aqui. É justamente disso que estamos falando."

Apoia-se no encosto da poltrona, cruza os braços num gesto calmo e controlado. E diz:

"Porque existe uma verdade baseada nos fatos. Aconteceu isto e aquilo, neste ou naquele momento. São coisas fáceis de estabelecer. Os fatos falam por si, como se costuma dizer, e no final da vida todos os fatos, postos lado a lado, lançam acusações e clamam às escâncaras, com mais força do que um condenado submetido à tortura. Não pode haver equívocos sobre o que aconteceu. Mas às vezes os fatos não são mais que deploráveis consequências. Não pecamos só pelos atos, mas também pela intenção que nos leva a executar determinados atos. A intenção é tudo. Os grandes códigos jurídicos de inspiração religiosa do passado, que consultei, declaram explicitamente: um homem pode aviltar-se por infidelidade e por atos infames, sim, também pode tocar o fundo, cometer homicídio, e no entanto conservar sua pureza interior. O ato ainda não corresponde à verdade. É uma simples consequência. Se um dia alguém veste a toga do juiz e quer fazer um julgamento, não pode se contentar com os fatos contidos num relatório de polícia, deve descobrir o que os juristas chamam de móvel. O fato de sua fuga é fácil estabelecer, o motivo, não. Creia em mim se lhe digo que nesses quarenta e um anos examinei todas as hipóteses que pudessem me ajudar a entender a razão desse seu passo incompreensível. Mas nenhuma delas me forneceu uma resposta. Esta, só a verdade pode me dar."

"Você fala de fuga", diz Konrad. "É uma palavra pesada. Afinal de contas, eu não devia nada a ninguém. Renunciei à minha carreira apresentando uma demissão absolutamente regular. Não deixei atrás de mim dívidas infamantes, não fiz promessas que sabia não poder cumprir. Fuga é uma palavra muito dura", diz gravemente e se endireita um pouco.

Mas um tremor na voz magoada revela que sua indignação não é totalmente sincera.

"É possível que seja uma palavra muito dura", diz o general com um sinal de assentimento. "Mas se você olhar de longe o que aconteceu deve admitir que é difícil encontrar expressão mais branda. Diz que não devia nada a ninguém. Em parte é verdade, e em parte não é. Claro que não devia nada ao seu alfaiate ou aos agiotas da cidade. Por outro lado, a mim tampouco devia dinheiro ou o cumprimento de qualquer promessa. E no entanto, naquele dia de julho — está vendo como me lembro? era uma quarta-feira —, quando abandonou a cidade, sabia que deixava uma dívida para trás. Na manhã seguinte fui à sua casa, onde me disseram que você tinha ido viajar. Soube disso em circunstâncias singulares. Se quiser, voltaremos também a esse assunto. Então, fui à sua casa, onde só havia para me receber o seu ordenança. Pedi a ele que me deixasse sozinho no quarto em que você vivera aqueles anos, desde que estava servindo na cidade, perto de nós." Interrompe-se. Abandona-se no encosto da poltrona e cobre os olhos com a palma da mão, como se procurasse olhar para o passado. Depois retoma com calma: "É óbvio que o seu ordenança obedeceu às minhas ordens, mesmo porque não podia fazer nada. Fiquei sozinho no quarto em que você vivera. Olhei ao redor com muita atenção... Desculpe-me essa curiosidade indiscreta. Mas em certo sentido não conseguia acreditar na realidade dos fatos, não conseguia me convencer de que o homem ao lado de quem eu passara boa parte de minha vida — exatamente vinte e quatro anos, os mais belos, da meninice, da juventude e da idade madura — tivesse fugido dessa maneira. Esforcei-me para encontrar atenuantes, a descoberta de que você estivesse sofrendo de uma doença grave, de uma crise repentina de loucura, que tivesse contraído dívidas no jogo e que alguém o estivesse chantageando; até que tivesse se aviltado com algum ato infamante para o regimento, a bandeira, a sua palavra e a sua honra. Eram essas as minhas esperanças. Sim, não se espante, na época, a meu ver todas essas eram faltas menos graves do que a que você cometera em seu relacionamento comigo. Eu aceitaria qualquer coisa como desculpa e explicação, até a infidelidade aos ideais do nosso mundo. Havia uma coisa apenas que não conseguia me explicar: a ofensa feita a mim. Para isso não havia desculpas. Você sumiu como um trapaceiro, escondendo-se como um larápio. Poucas horas antes ainda estava conosco, com Krisztina e comigo, no castelo, onde durante anos e anos tínhamos passado juntos inúmeras horas — do dia e às vezes também da noite — numa intimidade fraterna e numa confiança só semelhante àquela que une os gêmeos, seres estranhos que, por um capricho da natureza, são ligados um ao outro para o resto da vida. Sabe, os gêmeos, mesmo de longe, mesmo se adultos, conhecem tudo um do outro, e uma estranha lei biológica os obriga a adoecerem ao mesmo tempo e a sofrerem das mesmas doenças, mesmo se um vive em Londres e outro sabe-se lá onde, em algum país estrangeiro. Não se escrevem, não se falam, moram, vivem, se alimentam em condições diferentes, estão separados por milhares e milhares de quilômetros. E no entanto, na idade de trinta ou quarenta anos começam a sofrer, no mesmo momento e com as mesmas probabilidades de cura ou de triste desenlace, de uma doença idêntica, por exemplo uma icterícia ou uma apendicite. Os dois corpos fazem parte de uma unidade orgânica, como no passado no útero materno... E amam e odeiam a mesma pessoa. E às vezes me perguntei se a amizade não constitui um vínculo parecido com esse vínculo fatal que une os gêmeos. Uma identidade singular nos pendores, simpatias, gostos, cultura e paixões, liga dois homens — mesmo se um deles tenta se opor ao outro — em torno de um mesmo destino. É inútil que um dos dois fuja para longe, ainda assim continuarão a saber o essencial um do outro. Inútil que um dos dois escolha um novo amigo ou uma nova amante: sem o tácito acordo do outro não poderá se livrar desse vínculo. O destino desses homens se cumpre em paralelo, mesmo se um deles vai embora, se afasta muito do outro e acaba, por exemplo, nos trópicos. Era nisso que eu pensava enquanto estava no seu quarto, no dia de sua fuga. Revejo nitidamente aqueles momentos, a iluminação do quarto, sinto o cheiro forte do fumo inglês, vejo os móveis, a cama turca coberta com um grande tapete oriental, os quadros de cavalos nas paredes. Lembro-me também de uma poltrona de couro cor de vinho, mais adequada a um *fumoir*. A cama turca era muito grande, claro que você a mandara fazer especialmente, pois em nossas terras não há móveis desse tipo. E, além do mais, não era uma cama turca propriamente, mas um grande leito à francesa, ideal para receber duas pessoas."

Olha a fumaça do charuto.

"A janela dava para o jardim, se bem me lembro... Foi a primeira e última vez que estive naquela casa. Nunca você quis que eu fosse visitá-lo. Comentara comigo, casualmente, que tinha alugado uma casa na periferia da cidade, numa zona isolada, com jardim. Alugara-a três anos antes da fuga — desculpe, vejo que não está gostando de ouvir essa palavra."

"Continue", diz o hóspede. "As palavras não têm importância. Continue, já que começou."

"Você acha?", pergunta o general, um pouco desorientado. "A seu ver, as palavras não têm importância? Eu não ousaria afirmar com tanta certeza. Às vezes acho que as palavras, essas que pronunciamos, essas que evitamos dizer ou essas que escrevemos no momento exato, têm uma importância imensa, talvez decisiva... Sim, estou convencido de que é assim", diz com determinação. "Você nunca me convidou para ir à sua casa e eu não podia visitá-lo sem ter sido convidado. Para falar a verdade, imaginava que diante de mim, um homem rico, você se envergonhava daquela casa mobiliada de seu próprio bolso... Talvez achasse os móveis muito modestos... Você era extremamente orgulhoso. A única coisa que nos separava, em nossa juventude, era o dinheiro. Cheio de si, você não conseguia me perdoar por ser mais rico. Mais tarde, com o tempo, pensei que, de fato, talvez não seja possível perdoar a riqueza dos outros. Meu patrimônio, do qual você, na qualidade de hóspede, podia usufruir à vontade, era tão excessivo... Para mim, era um fato consumado, desde meu nascimento, e no entanto às vezes eu tinha a impressão de que tanta opulência era injustificável. E você sempre foi muito atento em me fazer sentir a diferença que havia entre nós em matéria de dinheiro. Os pobres e, mais ainda, os pobres de origens nobres não perdoam", diz, estranhamente satisfeito. "Por isso imaginei que talvez você procurasse me esconder a sua casa, que se envergonhasse da mobília modesta demais. É uma suposição estúpida, agora reconheço, mas justificada por seu orgulho desmedido. E assim, um belo dia me vi na casa que você tinha alugado e mobiliado sem nunca ter me mostrado; estava ali, no seu quarto, tão atordoado que não acreditava em meus olhos. Aquela casa, você sabe muito bem, era uma obra-prima. Não era grande: um aposento espaçoso no térreo e dois menores no primeiro andar, mas o jardim, os quartos, os móveis, tudo revelava a mão de um artista. Então me convenci de que você era realmente um artista. E compreendi como devia ter se sentido estrangeiro entre nós, pessoas que pertenciam a uma outra raça. E como eram culpados em relação a você seu pai e sua mãe que, levados pelo afeto e pela ambição, o haviam destinado à carreira militar. Não, você não era um soldado e me dei conta da profunda solidão em que vivera no nosso meio. Mas aquela casa era seu refúgio secreto, algo semelhante ao que deviam ser as fortalezas ou os conventos para as almas solitárias da Idade Média. E, assim como faz um pirata com seu butim, assim você acumulou ali dentro objetos bonitos e refinados, de todo tipo: tapeçarias e tapetes, bronzes e prataria antiga, cristais e móveis, tecidos raros... Sei que naquela época sua mãe tinha morrido e você também havia herdado alguma coisa dos seus parentes poloneses. Uma vez mencionou o fato de que em algum lugar na fronteira russa havia uma residência aristocrática e uma propriedade que um dia seriam suas. Foi assim que acabaram: transformadas numa casa de três cômodos, em móveis e quadros e no grande piano de cauda coberto por um brocado antigo, e instalado no meio da sala do térreo, tendo em cima um vaso de cristal com três orquídeas. Por estas bandas, só se cultivavam orquídeas nas minhas estufas. Circulei pelo quarto e observei atentamente cada coisa. Percebi que você vivera entre nós e no entanto nunca fora um dos nossos. Por isso construíra aquela obra-prima de casa que, com estranha obstinação, mantinha fechada aos olhos do mundo, e onde vivia só para você e para sua arte. Porque você é um artista e talvez pudesse ter criado alguma coisa", diz num tom que não admite réplica. "Foi o que percebi claramente, ali, entre os móveis raros de seu lar. E justamente nesse instante Krisztina entrou."

Cruza os braços sobre o peito, depois prossegue com ar impassível e fleumático, como se estivesse expondo as circunstâncias de um acidente numa delegacia de polícia:

"Eu estava em pé, diante do piano, e olhava as orquídeas. Aquela casa era como o disfarce de alguém. Ou será que para você o disfarce era o uniforme? Você é o único a poder me dar uma resposta, e de fato, agora que tudo terminou, deu a resposta com a sua vida. Às perguntas mais importantes sempre terminamos respondendo com nossa vida. O que dizemos nesse meio--tempo não tem importância, nem os termos e argumentos com que nos defendemos. No final de tudo, é com os fatos de nossa vida que respondemos às indagações que o mundo nos faz com tanta insistência. E que são estas: Quem você é?... O que queria de verdade?... O que sabia de verdade?... A quem e a quê foi fiel ou infiel?... Com quem ou com quê se mostrou corajoso ou covarde?... São essas as perguntas capitais. E cada um responde como pode, com sinceridade ou mentindo; mas isso não tem muita importância. O que importa é que no final cada um responde com a própria vida. Você se livrou do uniforme porque o achava um disfarce e esta já era uma resposta. Eu, ao contrário, continuei a vesti-lo até o fim, enquanto o exército e o mundo me pediram; e esta é a minha resposta. Esta era a primeira pergunta. A outra é: de que natureza era a sua relação comigo? Você era realmente um amigo? No final das contas, preferiu fugir. Partiu sem uma palavra de despedida, embora eu talvez não possa afirmar com tanta certeza, já que na véspera, durante a caçada, acontecera alguma coisa, alguma coisa cujo significado só compreendi mais tarde: talvez tivesse sido o seu modo de se despedir. Raramente sabemos que palavra ou que ação nossa prenuncia fatalmente, irrevogavelmente, uma mudança nas relações humanas. Aliás, por que, afinal, fui à sua casa justamente naquele dia? Você não tinha me chamado, não tinha anunciado sua partida nem deixado qualquer mensagem. O que eu procurava naquela casa, para a qual você jamais me convidara, no mesmo dia em que foi embora para sempre? Que pressentimento me levou a subir numa carruagem, com a máxima urgência, e me abalar até a cidade para procurá-lo em sua casa já então deserta?... O que eu ficara sabendo na véspera, durante a caçada? Será que algo me deixou desconfiado?... Será que eu tinha recebido uma mensagem reservada, um aviso, uma comunicação sobre o fato de que você estava preparando uma fuga?... Não, todos haviam se calado, até Nini — lembra-se da velha ama? Ela sabia tudo a nosso respeito. Se ainda está viva? Está, a seu modo está viva. Viva como esta árvore defronte da janela, plantada na época de meu bisavô. Também a ela, assim como a todos os seres vivos, foi destinada uma fatia de tempo, uma fatia a ser consumida até o fim. Ela sabia. Mas ela nem sequer me disse alguma coisa. Eu estava completamente sozinho naqueles dias. No entanto, sabia que chegara o momento em que tudo estava maduro, no ponto ideal, tudo viria à luz, tudo e todos deveriam desempenhar o papel que lhes cabia, você, eu, todos. Foi disso que me dei conta durante a caçada", diz com ar pensativo, como se esclarecesse para si mesmo uma questão longamente debatida. E se cala.

"Do que exatamente se deu conta?", pergunta Konrad.

"Foi uma bela caçada", diz o general como se revivesse no pensamento cada detalhe de uma lembrança que lhe é cara. "Foi a última grande caçada que se fez nestes bosques. Naquela época ainda havia caçadores, verdadeiros caçadores... é possível que ainda haja, não sei. Aquela foi a última vez que fui caçar em meus bosques. Desde então aqui só se apresentam homens armados de fuzis, hóspedes que são recebidos pela administração da propriedade e fazem explodir tiros no bosque com armas de fogo. A caçada, a verdadeira, era algo muito diferente. Você não pode entender porque nunca foi um caçador. Para você isso também representava apenas uma obrigação, uma das obrigações de um fidalgo, parte de seu ofício, como a equitação ou a vida social. Você ia caçar, sim, mas com jeito de quem se dobra a uma convenção social. Ia caçar com o desprezo estampado no rosto. E até a arma você segurava com displicência, como uma bengala de passeio. Não sendo caçador, não conhecia essa estranha paixão, a mais secreta da mente masculina, independente de qualquer posição social e qualquer cultura, enraizada e profunda como o fogo nas entranhas da terra. Essa paixão é o desejo de matar. Somos homens, matar é um imperativo de nossa vida. Não podemos ser diferentes... O homem mata para defender alguma coisa, mata para conseguir alguma coisa, mata para se vingar de alguma coisa. Você está rindo com ar de desprezo? Você era um artista: será que esses instintos baixos e brutais não se atenuaram em sua alma delicada?... Acha que nunca matou nada que estivesse vivo? Não tenha tanta certeza assim", diz com ar severo. "Nesta noite em que estamos juntos não tem sentido falar de mais nada além da verdade, do essencial, porque o nosso encontro não se repetirá e talvez já não serão muitos os dias e as noites que se seguirão, e menos ainda as noites especiais como esta. Talvez você se lembrará de que uma vez, faz muito tempo, também estive no Oriente; foi durante minha viagem de núpcias com Krisztina. Atravessamos terras habitadas pelos árabes e em Bagdá fomos hospedados por uma família árabe. É gente de grande nobreza de espírito, como você, que andou tanto pelo mundo, deve saber. A altivez deles, o comportamento digno, a paixão pelas coisas e a calma, a disciplina de seus corpos e a segurança de seus gestos, de seus jogos, o fogo de seus olhares, tudo reflete uma nobreza de velha cepa, essa nobreza especial dos tempos em que o homem, no caos dos primórdios, tomou consciência pela primeira vez da própria dignidade humana. Há uma teoria segundo a qual nossa espécie tem origem no mundo árabe, no início dos tempos, antes de dividir-se em tribos, povos e civilizações diferentes. Talvez seja por isso que são tão orgulhosos. Não sei, não sou bem informado sobre esses assuntos... Mas sei alguma coisa do orgulho dos homens. Assim como os indivíduos, mesmo na falta de sinais distintivos particulares, reconhecem pertencer à mesma raça e à mesma posição social, durante aquelas semanas no Oriente intuí que todos por lá, mesmo o mais sujo dos cameleiros, eram senhores. Como eu lhe dizia, morávamos com uma família da terra, numa espécie de palácio; hospedavam-nos graças às recomendações do nosso embaixador. Aquelas casas limpas e frescas... Você as conhece, não é mesmo? O pátio grande, onde fervilha incessantemente a vida da família e da tribo, e que serve ao mesmo tempo de mercado, parlamento e lugar de prece... Aquela desenvoltura e paixão que transparece em cada gesto deles. Aquela inércia digna, que esconde o prazer de viver e as paixões, assim como a cobra se esconde entre as pedras imóveis castigadas pelo sol. Uma noite, deram um jantar em nossa homenagem. Até então tinham nos hospedado segundo um estilo quase europeu; o dono da casa, um dos homens mais abastados da cidade, era juiz e ao mesmo tempo contrabandista. Os quartos dos hóspedes eram mobiliados com móveis ingleses, a banheira era de prata maciça. Mas naquela noite vimos algo excepcional. Os convidados chegaram depois do crepúsculo; eram todos homens, senhores com seus criados. No meio do pátio fizeram uma fogueira que soltava uma fumaça sufocante, essa fumaça de esterco de camelo que deixa os olhos ardendo. Todos se sentaram em silêncio ao redor do fogo. Krisztina era a única mulher. Depois, trouxeram um cordeiro branco, e o dono da casa pegou o facão e o degolou, com um gesto que nunca mais esquecerei... É impossível aprendê-lo, pois é um gesto oriental que data de uma época em que o ato de matar ainda possuía um significado simbólico, religioso, ligado a algo essencial: a vítima. Foi assim que Abraão levantou a faca sobre Isaac, quando resolveu realizar o sacrifício; com esse gesto, na Antiguidade se imolavam os animais diante do altar, ao ídolo, ao simulacro da divindade; com o mesmo gesto foi decapitado são João Batista. No Oriente ele sobrevive secretamente nas mãos de cada homem. Talvez tenha sido esse gesto que marcou o advento do homem, que estabeleceu a distinção entre o animal e o ser humano... Segundo os antropólogos, o homem nasceu quando adquiriu a faculdade de opor o polegar aos outros dedos, ou seja, no instante em que conseguiu empunhar uma arma, um instrumento de trabalho. Mas também é possível que seus primórdios estejam ligados mais ao seu espírito do que aos seus polegares; sobre isso não tenho como me pronunciar. O fidalgo árabe degolou o cordeiro, e por instantes aquele homem velho enrolado num albornoz branco, no qual nenhuma gota de sangue salpicara, ficou com a aparência de um grande sacerdote oriental no ato de imolar a vítima sacrificial. Seus olhos brilhavam e ele parecia rejuvenescido. Ao seu redor fez-se um silêncio sepulcral. Os convidados sentavam-se em volta do fogo, acompanhavam com o olhar o ato de infligir o golpe mortal, o faiscar da lâmina, o corpo do carneiro esperneando, o sangue jorrando a rodo. Os olhos de todos brilhavam. Então compreendi que aquela gente ainda estava tão próxima do ato de matar que a visão do sangue lhe era familiar, e que para eles o faiscar de um facão era um fenômeno tão natural como o sorriso de uma mulher ou a chuva que cai. Imagino que Krisztina também percebeu isso, pois estava como que fascinada; corava, empalidecia, respirava com dificuldade, depois de repente virou a cabeça, acanhada de assistir a uma cena de sensualidade desenfreada. Compreendemos assim que no Oriente as pessoas ainda conhecem o significado sagrado e simbólico do ato de matar, e inclusive seu significado erótico oculto. Pois todos sorriam e naqueles nobres rostos morenos viam-se expressões de júbilo e olhares extasiados, como se o ato de matar fosse algo exaltante e salutar, tal como um abraço. É estranho: na língua húngara essas duas noções — o ato de matar e o abraço — derivam uma da outra... Nós, é claro, somos ocidentais", diz num tom diferente, quase didático. "Pertencemos ao Ocidente, ou, pelo menos, somos imigrantes que nos sedentarizamos. O assassinato, para nós, é uma questão jurídica e moral ou um problema médico, mas, de toda maneira, algo admitido ou proibido, um fato definido com a máxima exatidão por um vasto código moral e jurídico. Nós também assassinamos, mas de maneira mais complicada, segundo as normas prescritas ou autorizadas pela lei. Matamos em defesa de ideais sublimes e de bens humanos preciosos, matamos para proteger as regras da convivência humana. Nem poderíamos agir de outra forma. Somos cristãos, adeptos da civilização ocidental, somos levados a nos sentir culpados. Até os dias de hoje nossa história está marcada por uma longa série de extermínios e, no entanto, ao falarmos de um assassinato, mantemos os olhos baixos, o tom de piedosa recriminação; e nem poderia ser diferente, pois é esse o papel que nos foi reservado. Só uma caçada é exceção", diz, acalmando-se. "Mesmo nesse caso devemos observar certas regras cavalheirescas e de ordem prática, poupando a caça na medida em que o exigem as condições de uma zona determinada, mas ainda assim a caçada representa um sacrifício, um reflexo imperfeito de um rito religioso antiquíssimo que é tão velho quanto o homem. Pois não é verdade que o caçador mata para conseguir a presa. Nunca matou só por isso, nem em priscas eras, nos tempos em que caçar era a única possibilidade de conseguir comida. Uma caçada sempre foi acompanhada de ritos de ordem tribal e religioso. O bom caçador sempre foi o primeiro de sua tribo, que lhe atribuía poderes e dignidade de sacerdote. É claro que, com o tempo, tudo isso se perdeu. Mas, embora hoje essas referências estejam esmaecidas, a caça manteve sua natureza de rito. Talvez eu jamais tenha amado nada em minha vida tanto quanto aquelas saídas para caçar nas primeiras horas da madrugada. Acordamos quando ainda está escuro, vestimo-nos de um modo totalmente diferente dos outros dias, com roupas específicas para as circunstâncias, tomamos um desjejum diferente, reconfortando-nos com um copinho de aguardente e comendo um pedaço de assado frio na saleta iluminada por uma lanterna. Eu adorava o cheiro das roupas de caça; o pano estava entranhado dos eflúvios do bosque, das folhagens, de ar puro e dos esguichos de sangue, pois amarrávamos as aves mortas na cintura e elas sujavam de sangue nossas roupas. Mas sangue é sujeira?... Não creio. É a matéria mais nobre que existe no mundo: toda vez que o homem sentiu necessidade de comunicar ao seu deus algo de grandioso, inefável, sempre o fez oferecendo-lhe um sacrifício de sangue. E além disso, eu adorava o cheiro de metal lubrificado dos fuzis. E o cheiro acre e de mofo do couro cru dos equipamentos de caça. Adorava tudo isso", diz o general quase envergonhado, como fazem os velhos quando confessam uma pequena fraqueza. "E depois você sai de casa e desce para o pátio, onde seus companheiros já o estão esperando, o sol ainda não raiou, o couteiro mantém os cães na coleira e lhe relata baixinho o que aconteceu durante a noite. Depois você sobe no carro e parte. A paisagem começa a despertar, o bosque se espreguiça, parece que estala os ossos saindo do sono. Tudo exala um perfume tão puro que você tem a impressão de regressar a uma pátria diferente, esta em que tiveram início a vida e as coisas. Depois o carro para na orla do bosque, você desce, o cão e o couteiro o acompanham em silêncio. O sussurro das folhagens úmidas só é perceptível sob a sola de suas botas. A trilha está cheia de rastros de animais. E agora tudo começa a viver ao seu redor: a luz, como se pusesse em movimento um mecanismo escondido que aciona a cortina do mundo, rasga o véu que cobre a floresta. Tem início o concerto dos pássaros e ao longe, a trezentos passos de distância, um cervo está avançando pela trilha. Você se esconde no mato cerrado, para observá-lo. Trouxe o cachorro, hoje não vai armar uma cilada para os cervos... O bicho para, não vê nada, não percebe a sua presença, pois o vento sopra em sua direção, e no entanto percebe o perigo fatal; levanta a cabeça, torce o pescoço delicado, seus membros se retesam, por alguns instantes fica imóvel diante de você, em posição de espera, alarmado, assim como um indivíduo posto diante de seu destino para impotente porque sabe que o fado não é um acontecimento fortuito nem um incidente, mas a consequência natural de circunstâncias imprevisíveis e dificilmente compreensíveis. Nesse momento você se arrepende de não ter trazido cartuchos de balas. Imóvel no bosque cerrado, você, o caçador, também está à espreita desse instante. E na mão percebe um tremor velho como o homem, o impulso de matar, essa atração proibida, essa paixão mais forte que tudo, um dos estímulos secretos, nem bom nem mau, que anima a vida em todas as suas formas: ser mais forte que o outro, mostrar-se mais hábil, não cometer erros, manter-se dono da situação. É a mesma sensação que tem o leopardo quando se prepara para dar o bote, a cobra quando se levanta entre as pedras, o abutre quando se joga, de mil metros de altura, sobre a presa. A mesma que sente o homem enquanto escruta sua vítima. E é a que você também sentiu, talvez pela primeira vez na vida, quando, justamente no bosque, levantou a arma e a apontou para mim com a intenção de me matar."

O general inclina-se sobre a mesinha que está entre os dois defronte da lareira; enche o copo e prova com a ponta da língua o licor púrpura que lembra um xarope. Depois, com ar satisfeito, torna a pôr o copo na mesa.

14.

"Ainda não havia muita luz", prossegue, já que o outro não responde, não protesta, não pisca, não dá sinal de ter escutado a acusação. "Era o instante em que a noite se separa do dia, e o mundo de baixo se separa do mundo de cima. E talvez haja outras coisas que se separem. O instante em que a profundidade e a altura, a luz e a escuridão ainda se tocam no mundo e na alma humana, em que aqueles que dormem acordam sobressaltados de seus sonhos complexos e atormentados, e os doentes dão um suspiro profundo porque percebem que o inferno da noite terminou e está prestes a dar lugar a um sofrimento mais articulado. O dia, com sua luz e suas regras, desvenda e recompõe tudo o que no caos escuro da noite tinha aparecido como desejo convulsivo, obsessão secreta, paixão delirante. Os caçadores e a presa adoram esse instante. Não é mais noite e ainda não é dia. O perfume da floresta torna-se acre e selvagem, como se todos os organismos vivos começassem a acordar no grande dormitório do mundo, como se todos — as plantas, os bichos e também os seres humanos — exalassem seus segredos e seus suspiros.

Levanta-se o vento, leve como o suspiro de quem, ao despertar, se lembra do mundo em que nasceu. O perfume das folhas molhadas, das samambaias, das cortiças cobertas de musgo, das trilhas dos bosques consteladas de orvalho, onde pinhas apodreceram, e folhas e agulhas de pinheiro se amassaram até formar um tapete escorregadio, sobe da terra, como o cheiro de suor que se solta dos corpos dos amantes no auge da paixão. É um instante repleto de mistério; os antigos e os pagãos o celebravam no mais profundo das florestas, com devoção, de braços bem abertos e com o rosto voltado para o Oriente, com o mesmo sentido mágico de espera com que o homem ligado à matéria aguarda eternamente a chegada da luz, ou seja, da razão e do bom senso. Nessa hora os bichos se encaminham para as nascentes. A noite ainda não se desfez de todo, no bosque ainda acontece alguma coisa, os animais noturnos ainda estão vigilantes e à espreita, o gato selvagem ainda está alerta, o urso mastiga os últimos bocados arrancados da carniça, o cervo no cio ainda se lembra de seus instantes de paixão ao luar, para no meio da clareira, ali onde se travou o duelo amoroso; orgulhoso e inconsciente, levanta a cabeça ferida durante a luta e olha ao redor com olhos sérios e tristes, vermelhos de excitação, como se não conseguisse se afastar dos locais de seu frenesi de amor. A noite ainda se prolonga no fundo da floresta, a noite e tudo o que essa palavra significa; tem consciência da presa, do amor, da vagabundagem, da alegria de viver e da luta pela sobrevivência. Este é o instante em que não só no bosque cerrado, mas também na escuridão dos corações humanos acontece alguma coisa. Pois o coração humano também tem sua noite, cheia de emoções não menos selvagens que o instinto de caça que atormenta o coração do cervo macho ou do lobo. As paixões ligadas ao sonho, ao desejo, à vaidade, ao egoísmo, ao furor erótico do macho, ao ciúme, à vingança, aninham-se na noite do homem assim como o puma, o abutre e o chacal no deserto da noite oriental. E no coração do homem há instantes em que não é mais noite e ainda não é dia, quando as feras saem se arrastando dos esconderijos tenebrosos da alma, quando nosso coração é agitado por uma paixão que se transforma num gesto de mão, uma paixão que em vão educamos e domesticamos anos a fio, às vezes indefinidamente... E de nada adiantou, em vão procuramos negar desesperadamente, diante de nós mesmos, o verdadeiro significado dessa paixão: ela demonstrou ser mais forte que nossos propósitos, manteve-se íntegra e sólida. De nada valeram argumentações e estratagemas, a realidade continuou a ser o que era. Simplesmente esta: por vinte e quatro anos você odiou de forma tão apaixonada, que esse seu sentimento tinha a força e o ardor das relações amorosas. Você me odiou, e quando o ódio se apodera de vez da alma de um homem, sob esse fogo também se esconde e cresce o desejo de vingança... Porque a paixão não se explica pelas leis da razão, e não dá nenhuma importância ao que receberá em troca. Quer se expressar até o fundo, impor sua vontade, embora só obtenha em contrapartida sentimentos suaves, amizade e indulgência. Toda paixão verdadeira é sem esperança, do contrário não seria uma paixão mas um simples pacto, um acordo sensato, uma troca de interesses banais. Você me odiava e esse ódio era para nós um vínculo tão forte quanto o do amor. Por que me odiava?... Tive tempo suficiente, esforcei-me para entender. Você nunca aceitou o dinheiro que eu lhe oferecia, nem um presente sequer, nunca permitiu que nossa amizade se transformasse em verdadeiro sentimento que une irmãos, e, se naqueles anos eu ainda não fosse jovem demais, deveria ter entendido que se tratava de um sinal alarmante e perigoso. Quem não aceita nada de parcial provavelmente quer tudo, rigorosamente tudo. Você já me odiava durante a nossa meninice, desde que nos conhecemos, naquela escola onde eram adestrados os exemplares eleitos de um mundo que nos era familiar. Odiava-me porque eu tinha algo que lhe faltava. De que se tratava? De que faculdade ou característica?... De nós dois, você sempre foi o mais culto, o mais diligente, o mais virtuoso, o mais dotado em todos os campos, pois também possuía um talento que mantinha secreto, o da música. Era da raça de Chopin, ou seja, era uma criatura cheia de reserva e de orgulho. Mas no fundo da alma ocultava um impulso espasmódico: o desejo de ser diferente do que era. É o tormento mais cruel que o destino pode reservar ao homem. Ser diferente do que somos, de tudo o que somos, é o desejo mais nefasto que pode queimar num coração humano. Pois a única maneira de suportar a vida é se conformar em ser o que somos aos nossos olhos e aos do mundo. Devemos nos contentar em sermos feitos de uma certa maneira e em sabermos que, uma vez aceita essa realidade, a vida não nos louvará por nossa sabedoria, ninguém nos conferirá uma medalha de honra ao mérito só porque nos conformamos em ser vaidosos e egoístas, ou calvos e barrigudos — não, em troca dessa tomada de consciência não obteremos prêmios nem louvores. Devemos nos suportar tais como somos, este é o único segredo. Suportar nosso caráter, nossa natureza profunda, com todos os seus defeitos, seu egoísmo e sua cupidez, que não serão corrigidos nem com a experiência e nem com boa vontade. Devemos aceitar que nossos sentimentos não são correspondidos, que as pessoas que amamos não retribuem o nosso amor, ou pelo menos não como gostaríamos. Devemos suportar a traição e a infidelidade, e sobretudo a coisa que nos parece mais intolerável: a superioridade intelectual ou moral do outro. Eis algo que aprendi no correr de setenta e cinco anos, aqui, no meio dos bosques. Você, ao contrário, não conseguiu suportar essas coisas", conclui o general em voz baixa mas firme. Depois se cala, e seu olhar se perde no escuro.

"É claro que quando éramos meninos você ainda não se

dava conta disso", retoma um pouco depois, como se buscando uma atenuante. "Foi um período lindo, uma temporada mágica. A memória da velhice amplia os detalhes e os põe em foco. Éramos meninos e éramos amigos: um grande dom, devemos agradecer ao destino por nos tê-lo concedido. Mas depois, quando seu caráter se formou, você não conseguiu suportar que lhe faltasse alguma coisa que me coubera por uma espécie de dom divino, graças às minhas origens e à minha educação. Em que consistia a diferença? Simplesmente no fato de que, enquanto o mundo olhava para você com indiferença, às vezes até com hostilidade, as pessoas me ofereciam seu sorriso e sua confiança. Você desprezava a confiança e a amizade que me eram dispensadas pelo mundo, e ao mesmo tempo morria de inveja. É provável que pensasse — com certeza, de forma não explícita, mas vaga e intermitente — que um dos favoritos do mundo, alguém que gozava das simpatias de todos, tivesse em si algo da prostituta. Há pessoas amadas de todos, às quais todos reservam um sorriso caloroso e um tratamento gentil. Elas tendem de fato a exibir-se e esse traço as aproxima das prostitutas. Como vê, já não tenho medo das palavras", diz sorrindo, como se também quisesse encorajar o outro a perder o receio. "Na solidão aprendemos a compreender todas as coisas, e não temos medo de mais nada. Certas criaturas, que carregam na testa o sinal do favor dos deuses, se consideram eleitas, e em sua maneira de enfrentar o mundo há uma espécie de segurança condescendente. Mas se era assim que você me via, enganava-se. Só o espelho deformador da inveja podia lhe dar de mim imagem semelhante. Não digo isso para me defender, pois o que busco é a verdade e quem quer a verdade deve iniciar a busca em si mesmo. O que para você parecia, em mim e ao meu redor, uma graça e um dom divino, era pura ingenuidade. Fui um ingênuo até o dia em que... pois é, sim, até o dia em que entrei no quarto que você abandonara como um fugitivo. Talvez fosse essa ingenuidade que induzisse as pessoas a me demonstrarem amizade e confiança, a me presentearem com sorrisos e benevolência. Sim, havia em mim algo — falo no passado, e tudo de que falo é tão distante, como se se referisse a um morto ou a um desconhecido —, havia em mim uma espécie de leveza e candura que desarmava as pessoas. Foi uma época em minha vida, uma década de minha juventude, em que o mundo dobrava-se dócil às minhas pretensões e ambições. Foi meu período de graça. Em períodos assim, todos correm ao seu encontro como se você fosse um conquistador que deve ser festejado com taças de vinho, com moças e guirlandas de flores. Na verdade, durante esses dez anos em que, findo o colégio, vivemos em Viena e depois fizemos o serviço militar, não perdi um só instante esse sentido de segurança, essa sensação de que os deuses, em segredo, tivessem me enfiado no dedo um anel mágico invisível, graças ao qual nada de ruim poderia me acontecer. Sentia-me cercado por um clima de amor e confiança. É o máximo que um homem pode conseguir da vida", diz com seriedade. "É a graça maior que se pode receber. Quem, em tais circunstâncias, não consegue aceitar com humildade sua posição de preferido do destino e não entende que esse estado de graça só dura até que sejam dilapidados os dons celestes, está fadado à ruína. O mundo perdoa, dentro de certos limites, só os que são modestos e humildes de coração... Quanto a nós dois, você me odiava", diz com determinação.

"Quando a juventude foi se afastando e desfez-se a magia da infância, nossas relações começaram a esfriar. Não há nada mais triste e desolador do que uma amizade masculina que começa a esfriar. Enquanto entre o homem e a mulher tudo é definido em termos exatos como numa espécie de contrato, entre dois homens o significado profundo da amizade está na abnegação, na inexistência por parte do outro de sacrifícios ou ternura, e no respeito de uma aliança tacitamente concluída. É possível que tenha sido eu mesmo que cometi o erro, pois não o conhecia suficientemente a fundo. Eu me conformara com o fato de você não me revelar tudo sobre si mesmo, admirava sua inteligência, essa superioridade estranha e cética que emanava de seu ser. Iludia-me achando que você também perdoaria, como faziam os outros, minha capacidade de me aproximar dos homens com leveza e serenidade e de me fazer amado ali onde você era apenas tolerado — em suma, que me perdoaria esse meu *savoir-vivre* diante do mundo. Pensava que eu também lhe fosse agradável. Nossa amizade parecia os antigos sodalícios masculinos narrados nas lendas. Mas enquanto eu percorria as estradas ensolaradas da vida, você permanecia voluntariamente na sombra. Não sei se concorda..."

"Não estava falando da caça?", diz o hóspede, evasivo.

"Da caça, sim", diz o general. "Mas o que acabo de dizer tem muito a ver com a caça. Quando uma criatura resolve matar outra, é porque anteriormente muitas coisas aconteceram, não se trata apenas de carregar a arma e fazer mira. No nosso caso também aconteceu isso a que eu me referia: o fato de você não ter conseguido me perdoar; e o fato de nossa relação, formada nas águas profundas da meninice, crescida como se tivessem nos colocado entre aquelas flores e folhas gigantescas em forma de berço de que falam as fábulas, a *Victoria regia* — por muito tempo mandei cultivar, aqui na estufa, essa planta misteriosa de caule longo e delicado, que só floria uma vez por ano, lembra-se? —, de nossa relação ter um dia se desgastado. Terminara a época mágica da adolescência e sobraram dois homens ligados pelas origens de uma relação complicada e ambígua, que na linguagem ordinária se chama amizade. Devemos esclarecer isso também, antes de voltarmos a falar da caçada. O instante em que o homem é mais culpado não é necessariamente aquele em que levanta a arma para matar alguém. A culpa vem primeiro, a culpa está na intenção. E quando digo que um dia nossa relação se desgastou, devo saber se se desgastou de verdade e, em caso afirmativo, quem e o quê a desgastaram. Éramos diferentes mas unidos, eu não era igual a você, e no entanto nos completávamos mutuamente, éramos ligados por uma aliança, por um entendimento, e isso é muito raro entre as criaturas. E em nossa aliança juvenil tudo o que lhe faltava era compensado pela benevolência que o mundo manifestava em relação a mim. Éramos amigos", diz nesse momento alteando a voz.

"Tente entender, se ainda não entendeu. Mas você logo entendeu, na época e depois, nos trópicos ou em qualquer outro lugar. Éramos amigos e essa palavra tem um significado profundo, conhecido apenas dos homens. E agora você deve se dar conta das responsabilidades que essa palavra implica. Éramos amigos e não simples companheiros de jogos ou de aventuras. Éramos amigos e na vida nada pode nos recompensar a perda de uma amizade. Nem sequer a paixão, que se consome em si mesma, pode proporcionar idêntica alegria à de uma amizade silenciosa e discreta. Se não tivéssemos sido amigos, naquela manhã no bosque, durante a caçada, você não teria apontado sua arma para mim. Se não tivéssemos sido amigos, eu não teria ido a sua casa no dia seguinte, naquela casa para a qual você nunca me convidara e onde guardava o segredo incompreensível e maléfico que condenou nossa amizade. E se não tivesse sido meu amigo não teria fugido da cidade, do convívio comigo, do lugar de sua falta, como fazem os malfeitores, mas teria ficado aqui, me enganado e traído, o que me teria feito mal, ferido minha vaidade e meu amor-próprio, mas teria sido menos grave do que tudo o que fez justamente por ser meu amigo. E se não tivéssemos sido amigos, você não teria voltado aqui quarenta e um anos depois, comportando-se também neste caso como um assassino que volta, furtivo, ao local do crime. Porque sabia que devia voltar, obrigatoriamente. E agora devo lhe dizer uma coisa que fui percebendo aos poucos, algo em que custei a crer e que inclusive procurei negar a mim mesmo: ainda hoje e, apesar de tudo, nós dois somos amigos. Pelo visto, não existe força externa que possa mudar alguma coisa nas relações humanas. Você matou algo dentro de mim, arruinou minha vida, e no entanto ainda sou seu amigo. E esta noite matarei algo dentro de você e depois o deixarei ir embora, para Londres ou para os trópicos ou para o inferno, e no entanto você continuará a ser sempre meu amigo. Devemos saber isso também, antes de começarmos a falar da caçada e de tudo o que aconteceu em seguida. Não esqueçamos que a amizade não é apenas um estado de espírito ideal, mas uma lei humana inflexível. No mundo do passado foi a lei mais poderosa, sobre a qual se fundaram os sistemas jurídicos das grandes civilizações. Essa lei, a lei da amizade, vive no coração dos homens mais acima do egoísmo e das paixões. E é mais forte que a paixão amorosa que impele irresistivelmente o homem e a mulher a se unirem; a amizade não está sujeita a decepções, porque não pretende nada além; o amigo pode ser morto, mas nem a morte consegue apagar a amizade nascida na infância: sua lembrança continua a viver na consciência dos homens como a de um mudo ato heroico. E é exatamente disso que se trata, de um ato heroico, no sentido tácito e fatal do termo, ou seja, sem detonação de armas, mas apenas e sempre um ato heroico como é qualquer comportamento humano isento de egoísmo. Essa era a amizade que existia entre nós e você bem sabia. E talvez, no instante em que levantou a arma para me matar, essa amizade estivesse mais viva do que nunca esteve durante os vinte e quatro anos anteriores. Com toda a certeza você se lembra desse instante, pois foi o que deu sentido e conteúdo ao resto de sua vida. Também me lembro. Estávamos no meio do bosque, entre os abetos, ali onde começa a trilha que, partindo da estrada, nos leva até o coração da floresta imperturbável, virgem e escura. Eu ia andando na sua frente e de repente parei, pois uns trezentos passos adiante um cervo saíra de entre os abetos. O dia já estava clareando, com toda a prudência, como se com tentáculos luminosos o sol estivesse apalpando a sua presa: o mundo. O animal parou na beira da trilha, levantou a cabeça e fixou os bosques, como se percebesse o perigo. O instinto, esse fenômeno misterioso, esse sexto sentido que é mais fino e exato do que o olfato e a vista, o deixara em alerta. Mas não podia nos ver, não podia perceber o perigo, pois o vento da manhã soprava em nossa direção. Permanecemos imóveis por vários minutos, meio ofegantes depois do caminho percorrido; eu estava na frente, no início da trilha, e você me seguia. O couteiro ficara para trás, junto com o cão. Só havia nós dois no meio da floresta, naquela solidão que é a solidão da noite, da madrugada, dos bosques, dos animais selvagens, e na qual o homem, por instantes, tem sempre a impressão de ter se perdido na vida e no mundo e de que, mais dia menos dia, precisará voltar para essa morada selvagem e temível que no entanto representa sua única e verdadeira morada — a floresta, o fundo do abismo, o palco ancestral da vida. Sempre tive essa sensação, nos tempos em que ainda ia caçar na mata cerrada. Como lhe disse, vi o animal e parei, e você também o viu, pois estava parado a dez passos de mim. Para os caçadores e a presa, esses são os instantes em que se capta a realidade com os sentidos mais finos, em que se percebem a situação e o perigo que ameaça, mesmo no escuro, mesmo sem olhar para trás. Sabe-se lá que ondas, forças ou radiações transmitem as informações nesses casos... Não sei. O ar estava límpido e sem cheiro. Nem um só ramo de abeto se mexia na brisa. O cervo mantinha-se alerta, imóvel, como que hipnotizado, pois o perigo sempre exerce um certo poder hipnótico.

Quando o destino, sob qualquer forma, dirige-se diretamente à nossa individualidade, quase nos chamando pelo nome, no fundo da angústia e do medo sempre há uma espécie de atração, porque o homem não quer só viver, quer também conhecer até o fim e aceitar seu próprio destino, à custa de expor-se ao perigo e à destruição. Imagino que o cervo também tenha sentido algo semelhante. E você, poucos passos atrás, devia sentir essas mesmas coisas, quando, hipnotizado, tal como eu e o animal, puxou o cão da espingarda, fazendo aquele estalido leve e seco, aquele som particular que caracteriza os metais mais nobres quando são destinados a um emprego fatal cujo objetivo é o homem: por exemplo, o punhal quando cruza outro punhal, ou uma arma inglesa de grande classe quando alguém a maneja para matar outra pessoa. Você se lembra desse instante, espero..."

"Lembro-me", diz o hóspede.

"É um instante muito especial", diz o general com o ar satisfeito de especialista. "Obviamente, fui o único a ouvir o estalido: era tão imperceptível que o cervo, a trezentos passos de distância, não o ouviu, apesar do silêncio da madrugada na floresta. E nesse momento acontece alguma coisa que eu jamais poderia confirmar perante um tribunal: mas posso lhe dizer, porque você conhece a verdade. O que acontece?... Simplesmente o seguinte: a partir desse instante me dei conta dos seus movimentos, percebi-os mais nitidamente do que se tivesse visto com meus olhos o que você estava fazendo. Você se mantinha de pé, atrás de mim, meio de soslaio. Senti que levantava a arma, apoiava-a no ombro e fazia a pontaria. Senti que fechava um olho, enquanto o cano do fuzil mudava lentamente de ângulo. Minha cabeça e a do cervo formavam uma linha reta diante de você, exatamente na mesma altura e na mesma trajetória, podia haver no máximo uma distância de dez centímetros entre os dois alvos. Senti que suas mãos estavam tremendo. Mas a capacidade de avaliação do verdadeiro caçador me fez compreender de imediato que daquela posição você não podia mirar o cervo. Tente me entender: naquele instante, o aspecto puramente técnico da caça me apaixonava bem mais que seu aspecto humano. Gabo-me de ter sido um especialista em caça. Portanto, sabia perfeitamente qual é o ângulo exato para disparar o tiro certeiro num cervo que está imóvel a trezentos passos de distância, alheio à situação. Para mim, a situação se apresentava com a máxima clareza, a disposição geométrica do caçador e dos alvos alinhados na linha de mira me dizia exatamente o que estava acontecendo no coração do homem a poucos passos atrás de mim. Você fez a pontaria e assim ficou por meio minuto, tempo que calculei sem precisar de relógio, pelos segundos, com exatidão. Nesses momentos a gente sabe de tudo. Sabia que você não era um bom atirador e bastaria que eu inclinasse levemente a cabeça para que a bala raspasse na minha orelha, chegando talvez a pegar o cervo. Sabia que bastaria que eu fizesse um movimento para evitar que a bala saísse do cano. Mas também sabia que não me mexeria, pois nesse instante meu destino já não dependia de minhas decisões: alguma coisa chegara à maturação, alguma coisa estava para ser realizada, pontual e inexoravelmente. Portanto, fiquei ali aguardando o tiro, aguardando que você apertasse o gatilho e que eu fosse morto por uma bala saída da arma de meu amigo. A situação era perfeita, não havia testemunhas, o couteiro estava longe, no meio dos bosques, com os cães. Uma típica situação dos manuais, exatamente a 'fatalidade trágica' de que falam os jornais a cada temporada de caça. Depois, aquele meio minuto passou, sem que o tiro fosse desfechado. No mesmo instante o cervo percebeu o perigo, deu um salto que foi como uma explosão e desapareceu nos bosques. Continuamos imóveis. Depois, você, com infinita lentidão, abaixou a espingarda, foi um movimento que não pude ouvir nem ver. No entanto, ouvi e vi como se estivéssemos cara a cara. Abaixou a arma, com toda a cautela, como se temesse que o deslocamento do ar revelasse suas intenções. O cervo desaparecera na floresta, o momento propício passara... Aliás — é bom que se diga — ainda poderia ter me matado, pois não havia testemunhas oculares para assistirem à cena, nenhum juiz poderia condená-lo. Se o tivesse feito, o mundo teria se unido ao seu redor com simpatia, pois nós dois éramos Castor e Pollux, os amigos lendários, juntos para o bem e para o mal durante vinte e quatro anos, éramos a encarnação ideal da amizade, e se você tivesse me matado todos teriam lhe estendido a mão e participado do seu luto, pois aos olhos do mundo não há criatura mais trágica do que o homem que matou acidentalmente, por vontade inexorável do destino, o próprio amigo... Teria sido esta a situação. Mas o fato é que, no final das contas, você não apertou o gatilho da arma. Por quê?... O que aconteceu exatamente naquele momento? Talvez, simplesmente, o cervo tenha percebido o perigo e fugido, pondo-se a salvo, e o homem é feito de tal modo que, para realizar um ato excepcional, necessita sempre de um pretexto concreto. Você elaborara um bom plano, que funcionava à perfeição, mas para poder agir a presença do cervo também era necessária; este afastando-se, a encenação deixou de ser perfeita e você abaixou a arma. Tudo aconteceu em poucos instantes: quem seria capaz de calcular cada coisa, avaliar as possibilidades e decidir num piscar de olhos? Aliás, não tem mais importância. O que conta é o fato. E o fato é que você queria me matar e depois, quando algo inesperado interveio e perturbou aquele instante, sua mão começou a tremer e você não me matou. O cervo já havia desaparecido entre as árvores, estávamos ali imóveis. Não me virei para olhá-lo. Permanecemos assim ainda um pouco. Se eu o tivesse olhado de cara naquele momento, talvez compreendesse tudo. Mas não ousei. Há um sentimento de vergonha mais doloroso que qualquer outro, esse que deve sentir a vítima quando é obrigada a olhar na cara de seu assassino. Em tais casos, trata-se da vergonha da criatura diante do Criador. Foi por isso que, quando nos livramos do estado de paralisia, quase de sortilégio, em que tínhamos caído, não quis olhá-lo na cara e me dirigi pela picada até o alto da colina. Você fez o mesmo, como um autômato. No meio do caminho, disse eu sem me virar para trás: 'Você perdeu uma ocasião'. Você nada respondeu. Seu silêncio era um reconhecimento. Numa situação dessas, qualquer caçador — uns com embaraço, outros com entusiasmo — teria se posto a comentar, a fornecer explicações, em tom de brincadeira ou encabulado; nesses casos todos os caçadores tentam defender o próprio comportamento, seja denegrindo a presa perdida, seja exagerando a distância em que estava, ou até comentando à guisa de pretexto a posição inadequada para atingir o alvo... Você, ao contrário, não disse nada. Era como se com o silêncio dissesse: 'É, perdi a ocasião de matá-lo'. Chegamos ao alto da colina sem trocar uma palavra. O couteiro e os cães já estavam esperando lá em cima, ouviam-se os tiros vindo dos vales, a caçada havia começado. Nossas vidas se dividiram. Na hora do almoço — um lanche ao ar livre, na mesa que tinham armado no meio do bosque —, o seu batedor me contou que você havia voltado para a cidade."

O hóspede prepara outro charuto. Suas mãos não tremem, corta a ponta com gestos calmos; o general inclina-se para Konrad e aproxima uma vela para que acenda o charuto na chama.

"Obrigado", diz o hóspede.

"Naquela noite, porém, você ainda veio jantar conosco", recomeça o general. "Como sempre fazia, todas as noites. Chegou numa caleça, às sete e meia, hora de costume. Jantamos os três, nós e Krisztina, como tínhamos feito tantas outras vezes antes. A mesa estava posta na grande sala de jantar, como esta noite, com as mesmas decorações, mas naquela noite havia Krisztina entre nós dois. No meio da mesa ardiam velas azuis. Ela gostava da luz de velas, gostava de tudo o que lhe recordava o passado, as formas de vida mais nobres de épocas passadas. Ao voltar da caçada, fui diretamente para o meu quarto e me troquei. Naquela tarde não tinha visto Krisztina. O criado me dissera que ela pegara a carruagem e fora à cidade logo depois do almoço. Revi-a na hora de ir para a mesa; esperava-me sentada defronte da lareira, com um xale indiano leve nos ombros, porque o tempo estava úmido e nublado. A lenha ardia na lareira. Estava lendo e não me ouviu quando entrei na sala. Talvez fossem os tapetes que abafassem o ruído de meus passos, talvez estivesse demasiado absorta na leitura — lia um livro inglês, o relato de uma viagem aos trópicos —, o certo é que só percebeu minha chegada no último instante, quando já estava na frente dela. Então, ergueu os olhos — lembra-se dos olhos dela? Às vezes levantava o olhar, e era como se raiasse o dia e tudo se iluminasse de repente — e seu rosto, talvez por causa da luz das velas, estava tão pálido que me assustei. 'Está se sentindo mal?', perguntei. Não me respondeu. Fixou-me longamente, calada, com os olhos esbugalhados, por um tempo tão extremamente eloquente e interminável como aqueles instantes no bosque, de manhã, enquanto esperei imóvel que acontecesse alguma coisa, que você dissesse uma palavra ou apertasse o gatilho do fuzil. Krisztina me olhava no rosto escrutando-me com tamanha atenção que para ela parecia uma questão de vida ou morte saber em que eu estava pensando naquele momento — admitindo que estivesse pensando em alguma coisa — e o que eu sabia... Provavelmente, isso era mais importante do que sua própria vida. Isso é sempre o mais importante, mais importante até que o resultado: saber o que pensa de nós a vítima, a pessoa que escolhemos como vítima... Olhou-me nos olhos como se quisesse me obrigar a falar.

Creio que suportei bem seu olhar. Naquele instante, e inclusive mais tarde, mantive a calma; não creio que meu rosto possa ter revelado alguma coisa a Krisztina. Na verdade, naquele dia, depois da estranha caçada em que a presa, em certo sentido, fui eu, resolvi que, independentemente do que tivesse de me acontecer na vida, me calaria para sempre sobre aqueles momentos; jamais falaria com meus confidentes, nem com Krisztina nem com a ama, sobre o que ocorrera de madrugada na floresta. E já que não conseguia me livrar da ideia de que o demônio da loucura tinha se apoderado do seu espírito, achei conveniente que um médico o observasse discretamente. Não encontrei outra explicação para o seu comportamento. A pessoa que me era mais chegada enlouquecera: eis o que continuei a me repetir, obstinado, beirando o desespero, durante toda a manhã e toda a tarde, e foi nesse estado de espírito que o recebi naquela noite, quando chegou à nossa casa. De certo modo, com essa suspeita eu tentava salvar a dignidade das criaturas humanas em geral e a sua em particular, porque, se você estivesse são de espírito e tivesse um motivo — pouco importa qual — para levantar a arma contra mim, então todos nós, sim, Krisztina e eu inclusive, teríamos perdido nossa dignidade. Também interpretei nesse sentido o olhar assustado e perplexo de Krisztina. Era como se tivesse intuído alguma coisa do segredo que ligava você a mim desde a madrugada daquele dia. As mulheres sentem essas coisas, pensei. Depois você chegou, de smoking, e nos sentamos à mesa. Conversamos como de costume, também falamos da caçada, das relações com os batedores, da descortesia cometida por um de nossos hóspedes, que abatera um macho mesmo sem ter o direito de fazê-lo... Mas de sua aventura pessoal, do magnífico cervo que deixara escapar, você não disse nem uma palavra. São coisas que em geral se comentam, mesmo quem não é da raça dos caçadores. Você, ao contrário, não falou da presa perdida, nem do fato de ter ido embora antes que terminasse a caçada, voltando para a cidade sem avisar a ninguém, e reaparecendo de noite. Um comportamento insólito, que infringe as regras de nosso ambiente. Poderia pelo menos encontrar uma palavra para explicar o que ocorrera de manhã, mas em vez disso silenciou sobre tudo, como se não tivéssemos ido caçar juntos. Tratou de outros assuntos. Perguntou a Krisztina o que estava lendo, qual era o título do livro, que impressões tirava da leitura. Fez perguntas sobre a vida nos trópicos, comportou-se, em suma, como se estivesse extremamente interessado num assunto que lhe era totalmente alheio. Só mais tarde, na cidade, o livreiro iria me contar que você é que tinha encomendado aquele livro, junto com outros sobre o mesmo tema, e que o emprestara a Krisztina dias antes. Mas naquela noite ainda não sei de nada. Vocês me excluem da conversa, porque me mostro ignorante sobre tudo o que se refere aos trópicos. Mais tarde, quando venho a saber que vocês tinham me enganado, relembro a cena, reescuto suas vozes e palavras ditas então, e descubro, com sincera admiração, que os dois tinham representado seus papéis de atores consumados. Não estando a par de seus planos, suas conversas não provocam em mim nenhuma desconfiança: falam dos trópicos a propósito de um livro que qualquer um poderia comprar. Você está impaciente para conhecer a opinião de Krisztina: se ela acha que uma pessoa nascida e crescida num clima diferente é capaz de aguentar as condições de vida dos trópicos... A mim, ao contrário, não pergunta nada, é evidente que minha opinião não o interessa. Insiste com Krisztina para saber se ela se sentiria capaz de aguentar as chuvas, o ar úmido e quente, as névoas escaldantes que cortam a respiração, a solidão no meio dos pântanos, no coração da selva... Está vendo? As palavras estão voltando. Da última vez que você esteve aqui, sentado nesta sala, nesta poltrona, falava dessas coisas: dos trópicos, dos pântanos, da névoa quente e da chuva. E há pouco, quando voltou a pôr os pés nesta casa, as primeiras palavras que disse se referiam aos pântanos, aos trópicos, à chuva e à névoa escaldante. Sim, as palavras voltam. Tudo volta, as coisas e as palavras giram em círculo, às vezes dão a volta ao mundo, depois, um belo dia, se encontram, se unem e o círculo se fecha", diz com displicência. "Foi disso que você falou com Krisztina da última vez. Foi isso que aconteceu no dia da caçada", acrescenta, e sua voz deixa transparecer a satisfação do velho que soube organizar o discurso de forma tão clara, sistemática e ordenada.

15.

"Assim que você sai Krisztina também se retira", retoma pouco depois. "Fico sozinho nesta sala. Ela esqueceu o livro sobre a poltrona, o livro em inglês sobre os trópicos. Não tenho vontade de ir dormir, pego o volume e o folheio. Dou uma olhada nas ilustrações, percorro as tabelas referentes aos dados econômicos e sanitários daqueles países. Surpreende-me que Krisztina leia um livro do gênero. Será possível que se interesse seriamente por uma coisa dessas, pergunto-me, por questões como, por exemplo, o desenvolvimento da produção de borracha ou as condições de saúde dos nativos nos países tropicais? Nada disso tem a ver com Krisztina, penso. E no entanto ali está o livro, em inglês, sobre as condições de vida no subcontinente. Passada a meia-noite, sozinho nesta sala, depois que saíram as duas pessoas que me são mais queridas desde a morte de meu pai, compreendo de repente que o livro também é um sinal. E sinto confusamente que nesse dia as coisas começaram enfim a se revelar. Em tais casos é preciso escutar com muita atenção, penso eu, pois em dias assim a linguagem simbólica da vida apresenta-se de mil maneiras, tudo se transforma em advertência, contanto que se consiga entender, tudo se transforma em sinal e indício. Um belo dia as coisas chegam à maturação e dão uma resposta às nossas perguntas. E de repente compreendo que esse livro também é um sinal e uma resposta. Eis o que diz: Krisztina quer ir embora para outro lugar, sonha com países distantes, em suma, deseja uma vida diferente. Talvez queira fugir daqui, proteger-se contra algo ou alguém — alguém que poderia ser eu, mas também poderia ser você. É claro como o dia, penso eu, que Krisztina pressente alguma coisa, por isso quer ir embora daqui, por isso lê livros de especialistas dos trópicos. Nessas alturas, mil pensamentos povoam minha mente e começo a ver os fatos se concatenando. Aclara-se toda a significação daquele dia: o dia que dividiu minha vida ao meio, como uma paisagem cortada em duas por um terremoto — de um lado, a infância, você e tudo o que significava a vida passada, de outro, a obscura, incomensurável distância que me caberá percorrer, o tempo que me resta viver. Um abismo separa as duas partes. O que aconteceu? Não encontro resposta. Durante o dia inteiro esforcei-me para não perder a calma, para manter um controle pelo menos aparente, e consegui: quando Krisztina me encarou, com o rosto pálido, com aquele estranho olhar inquisidor, nada conseguiu captar. Não pôde ler em meu rosto o que acontecera durante a caçada... Mas o que aconteceu de fato? Não estou fantasiando? Toda essa história não terá sido um pesadelo? Se a contasse a alguém provavelmente iriam rir na minha cara. Não disponho de nenhum dado, de nenhuma prova... Então, o que é esta voz dentro de mim, mais forte que qualquer testemunho, que de modo quase inequívoco, com uma veemência que não permite dúvidas ou contradições, grita que não me enganei e que estou em posse da verdade? E a verdade é que naquela madrugada meu amigo tentou me matar. Uma acusação ridícula, que não se sustenta em pé, não é mesmo? Poderia algum dia confiar a alguém essa certeza, ainda mais espantosa que um fato realmente ocorrido? Claro que não. Mas agora que a verdade me aparece com toda a evidência dos fatos mais simples da vida, como conseguiremos conviver no futuro? Poderei ainda olhá-los nos olhos, ou ao contrário seremos obrigados, Krisztina, você e eu, a representar uma farsa, transformando uma amizade num eterno jogo de simulação? É possível viver assim? Por isso é que minha esperança é que você realmente tenha perdido a razão. Talvez seja por causa da música, penso. Você sempre foi um sujeito estranho, de uma raça diferente da nossa. Quem é parente de Chopin não pode ser músico impunemente. Mas ao mesmo tempo sei que essa minha esperança é uma tolice, uma covardia: devo olhar a realidade de frente, reconhecer que você não é louco; inútil buscar escapatórias. Há um motivo que o leva a me odiar, a desejar me matar. Mas esse motivo, não consigo enxergá-lo. A explicação mais simples e natural que me vem de repente à cabeça é que você ficou transtornado por uma súbita paixão por Krisztina, por uma forma de exaltação e loucura — mas essa suposição é tão inverossímil, tão desprovida de sinais premonitórios e de indícios nas relações que existem entre nós três, que resolvo afastá-la. Conheço Krisztina e você como a mim mesmo — ou pelo menos é o que creio naquele momento. Nossa vida passada, nosso encontro com Krisztina, meu casamento com ela, nossa amizade, tudo isso é tão aberto, límpido e transparente, as personalidades e as situações são tão inequívocas que o louco seria eu, se me entregasse a essa ideia. Certas paixões não podem ser ocultadas, uma paixão tão violenta a ponto de obrigar um homem a apontar uma arma contra seu melhor amigo não pode ser ocultada por meses inteiros, alguns indícios eu decerto teria percebido, eu, a terceira e incômoda personagem do triângulo, que por definição é sempre surda e cega. Você e eu, por assim dizer, vivemos juntos, não houve semana em que não viesse pelo menos três ou quatro vezes jantar em casa, passo as horas de trabalho, durante o dia, com você na cidade, no quartel, entre nós não há segredos. De Krisztina conheço o corpo e a alma como conheço a mim mesmo. Que absurdo pensar que você e Krisztina... Depois de uma rápida reflexão, afasto a ideia com alívio. Acho que deve ter acontecido alguma outra coisa mais profunda e incompreensível. Preciso de uma explicação sua. Não posso, é verdade, espioná-lo, como faria um marido ciumento numa comédia banal. Aliás, não sou um marido ciumento. A suspeita não consegue criar raízes em mim; quanto a Krisztina, tenho confiança nela; escolhi-a como um colecionador escolhe a peça mais rara e perfeita de sua coleção, a obra-prima cuja descoberta representou o principal objetivo e a razão essencial de sua vida. Krisztina não mente, não é infiel, conheço todos os pensamentos dela, mesmo os mais secretos. Seu diário, encadernado de veludo amarelo, que lhe dei nos primeiros dias de nosso casamento, me revela tudo, porque nos pusemos de acordo que ali anotaria, para mim e para ela mesma, todos os seus sentimentos e pensamentos mais secretos, mesmo os que não podem ser expressos em voz alta porque são embaraçosos ou tão insignificantes que não vale a pena comentá-los. Esse diário íntimo me informa, em poucas palavras, as ideias e as impressões que lhe provoca o convívio com as pessoas e os fatos relevantes de sua vida. Está sempre guardado na gaveta de sua escrivaninha, cuja chave só ela e eu possuímos, e é a prova evidente da intimidade que reina entre nós, a mais perfeita que um homem e uma mulher podem alcançar. Se na vida de Krisztina houvesse um segredo, o diário me revelaria. Todavia, devo reconhecer que de uns tempos para cá começamos a descuidar desse nosso joguinho particular... Então me levanto, atravesso a casa mergulhada na escuridão, vou ao pequeno gabinete de Krisztina e abro a gaveta da escrivaninha para pegar o diário encadernado de veludo amarelo. Mas a gaveta está vazia."

Fecha os olhos, fica assim por instantes, como um cego, com o rosto inexpressivo. Parece procurar as palavras.

"Já passa de meia-noite, a casa está mergulhada no sono. Krisztina também estava cansada, não quero perturbá-la. Penso que provavelmente levou o diário para o quarto. Na manhã seguinte vou lhe perguntar se por acaso pôs no diário alguma mensagem em nossa linguagem cifrada. Porque você deve saber que esse caderno confidencial de que nunca falávamos — nos sentíamos meio encabulados com as coisas íntimas que ele continha — era como uma declaração de amor perpétua. Até hoje não me sinto à vontade para falar dele. Foi uma ideia de Krisztina, foi ela que me pediu, em Paris, durante nossa viagem de núpcias, queria confessar seus pensamentos — e depois de todos esses anos, agora que faz tanto tempo que Krisztina morreu, compreendi que, se alguém se prepara tão escrupulosamente para se confessar com absoluta franqueza, é porque sabe que em sua vida chegará o dia em que, de fato, terá algo a confessar. Por muito tempo me senti bastante desconfortável com a presença desse diário: achava que as mensagens secretas que me transmitia sobre a vida íntima de Krisztina eram uma artimanha feminina meio extravagante e incompreensível. Mas ela havia me dito que não queria esconder nada de mim e nem de si mesma: por isso anotaria tudo o que fosse difícil me dizer de viva voz. Como já afirmei, só mais tarde compreendi que quem se refugia com tanta veemência na sinceridade é porque tem medo: medo de se encontrar um dia com a vida carregada de segredos inconfessáveis. Krisztina quer pertencer a mim inteiramente, corpo e alma, com os sentimentos e os pensamentos mais secretos. Estamos em viagem de núpcias e ela está apaixonada. Você conhece o ambiente de onde vem, sabe o que representa para ela tudo o que lhe ofereci, meu nome, este castelo, o palacete em Paris, o *grand monde*, todas essas coisas que apenas poucos meses antes não teria sequer ousado imaginar, no ambiente provinciano e modesto em que circulava, sozinha com o velho pai doente e taciturno que na época já vivia só para o seu instrumento, suas partituras e suas recordações... E então, de repente, a vida lhe oferece tudo a mancheias, o casamento, a viagem de núpcias que se prolonga por um ano inteiro, Paris, Londres, Roma e depois o Oriente, meses e meses nos oásis, no mar. É natural que Krisztina creia estar apaixonada. Mais tarde vou perceber que nem naqueles primeiros meses estava apaixonada, mas simplesmente grata."

Juntando as mãos, apoia os cotovelos nos joelhos, joga-se para a frente e diz:

"Sente gratidão, imensa gratidão, a seu modo, como pode sentir uma jovem mulher em viagem de núpcias com o marido, um rapazola rico de linhagem nobre." Cruza os dedos, fixa os motivos do tapete com ar absorto. "Quer mostrar essa gratidão a qualquer preço, por isso é que também inventa o diário, esse estranho presente. Desde o primeiro momento o diário se enche de confissões surpreendentes. Nele não me faz declarações de amor, mas confissões tão sinceras que acabam sendo preocupantes. Descreve-me tal como me vê, com poucas palavras e bastante exatidão. Anota o que não lhe agrada em minha personalidade ou em meu comportamento, meu jeito desenvolto demais de tratar as pessoas, minha falta de humildade e de modéstia, que para sua alma religiosa são as virtudes fundamentais. De fato, naquela época sou tudo menos modesto. O mundo me pertence, encontrei a mulher com quem sempre sonhei, de quem recebo e a quem retribuo todas as mensagens enviadas por sua alma e seu corpo, sou rico e estimado, tenho trinta anos, a vida me promete tudo quanto posso desejar. Amo minha carreira e as obrigações que ela impõe. Agora, se olho para trás, sou o primeiro a sentir certa repugnância por essa segurança e por esse sentido de felicidade, tão autocomplacentes e presunçosos. E, como todos os homens que gozam sem nenhuma razão do favor excepcional dos deuses, no fundo dessa felicidade também percebo uma espécie de angústia. Tudo é belo demais, sem nenhuma rachadura, perfeito. Uma felicidade tão conforme a todas as regras sempre dá medo. Também gostaria de oferecer algum sacrifício ao destino, não me desagradaria encontrar, nos portos onde desembarcamos, uma carta que me anunciasse alguma contrariedade de caráter econômico ou social, por exemplo que o nosso castelo foi devastado por um incêndio ou que meu patrimônio sofreu algumas perdas. Como você sabe, de bom grado sacrificamos aos deuses uma parcela da felicidade, pois eles são invejosos e, quando dão a um comum mortal o presente de um ano de felicidade, pode-se ter certeza de que anotarão imediatamente esse débito para depois lhe exigir o reembolso, no final da vida, praticando taxas de agiota. Mas para mim, no início, tudo corre às mil maravilhas. Krisztina escreve rápidas anotações em seu diário, às vezes uma linha, outras vezes uma só palavra. Por exemplo, frases como esta: 'Você é irrecuperável, porque é vaidoso'. Depois não escreve nada durante semanas inteiras. Ou então escreve que em Argel um homem a seguiu num beco, dirigiu-lhe a palavra e ela teve a sensação de que seria capaz de ir embora com ele. Krisztina tem uma índole estranha, é um espírito irrequieto. Mas não quero que esses estranhos lampejos de sinceridade, levemente inquietantes, perturbem minha felicidade. Não me dou conta de que se alguém se obstina em desnudar a própria alma, com uma franqueza beirando o exagero, é talvez para não ter de falar de outra coisa que tem importância capital. Não penso nisso, nem durante nossa viagem de núpcias nem mais tarde, quando leio o diário. Depois chega o momento inesquecível, em que sinto o seu fuzil apontado para mim, e mais tarde, durante aquele dia, parece-me ouvir o assobio do projétil que passa rente à minha orelha... Depois vem a noite e você nos deixa, quando para de conversar com Krisztina a respeito dos trópicos. E fico sozinho com as lembranças do dia e da noite. E não encontro o diário no lugar de praxe, a gaveta da escrivaninha de Krisztina. Então resolvo ir à sua casa, no dia seguinte, para lhe perguntar..."

Cala-se. Balança a cabeça, fazendo esse jeito dos velhos que se maravilham com a ação realizada por um menino.

"Para lhe perguntar o quê?...", diz devagar, em tom de caçoada, como debochando de si mesmo. "O que se pode perguntar com as palavras? E quanto vale a resposta que alguém dá com as palavras, em vez de expressá-la com a realidade da própria vida?... Vale bem pouco", diz com firmeza. "São extremamente raras as pessoas cujas palavras coincidem à perfeição com a realidade de suas vidas. Talvez seja o fenômeno mais raro que há no mundo. Naquela época eu ainda não sabia disso. Não pretendo dizer que o mundo é feito de mentirosos. Mas creio talvez que seja inútil acumular experiências, conhecer a verdade, pois não somos capazes de mudar nossa natureza profunda. Talvez o máximo que possamos fazer na vida seja, com inteligência e cautela, adaptar a realidade do mundo à realidade imutável de nossa natureza. Mais que isso não podemos fazer. E nem isso sequer nos tornará mais sábios ou mais resistentes... Bem, como eu estava dizendo, resolvi ir à sua casa para conversarmos, sem me dar conta de que qualquer coisa que lhe perguntasse e qualquer coisa que você me respondesse em nada mudaria os fatos. Mas, pelo menos, poderíamos conhecê-los. As perguntas e respostas poderiam ao menos aproximar-nos da realidade. É tudo o que espero de minha conversa com você. Caio num sono profundo, exausto como se naquele dia tivesse feito um pesado esforço físico, uma cavalgada ou uma marcha de várias horas. Certa vez, desci uma montanha levando nas costas um urso que pesava muito, uns duzentos e cinquenta quilos: naqueles anos eu tinha uma força física extraordinária e, no entanto, quando agora penso nisso, me pergunto como consegui cruzar precipícios e descer por trilhas íngremes aguentando essa carga. Pelo visto, suportamos tudo quando a vida tem um sentido e um objetivo. Daquela vez, quando cheguei ao vale, caí na neve e adormeci: assim meus caçadores me encontraram, meio congelado, ao lado do cadáver do urso. E na noite da caçada dormi profundamente, um sono sem sonhos; mal acordo, mando preparar a carruagem e vou a sua casa, na cidade. Ali venho a saber que você partiu. Só no dia seguinte chegará ao regimento sua carta de demissão, com a notícia de que está prestes a se transferir para o estrangeiro. Só então tomo consciência de sua fuga, na qual enxergo a prova evidente de que quis me matar. Além disso, sinto que deve ter acontecido alguma coisa cujo significado ainda não consigo captar, algo que não diz respeito só a você mas também a mim, de forma direta e nefasta. E enquanto estou ali, naquela sala misteriosa, superaquecida, atopetada de objetos magníficos, abre-se a porta e entra Krisztina."

Fala em tom discursivo, jovial, como se se demorasse nos detalhes de uma velha história para entreter agradavelmente o amigo que retorna enfim de uma longa viagem, do abismo do tempo.

Konrad o escuta, imóvel. Colocou o charuto apagado na beira da bandeja de vidro, cruzou os braços; senta-se assim, sem se mexer, numa posição rígida e ereta, como um oficial em conversa amistosa com um superior.

"Entra e para na soleira da porta", diz o general. "Vem de casa, está sem chapéu, dirigiu sozinha a pequena caleça. 'Ele foi embora?', pergunta. Sua voz está estranhamente rouca. Faço que sim. Krisztina está ali, ao lado da porta, alta e delicada, nunca a vi tão bela como nesse momento. Seu rosto está branco, parece o de um ferido que perdeu muito sangue. Os olhos brilham febris como na noite da véspera, quando a flagrei concentrada lendo o livro sobre os trópicos. 'Fugiu', diz um pouco depois, sem esperar resposta; diz para si mesma, como para me comunicar. 'Era um covarde', acrescenta em voz baixa, muito calma."

"Disse isso?", pergunta o hóspede. Abandona a pose de estátua e pigarreia.

"Disse, exatamente isso. E não outra coisa. E não lhe faço nenhuma pergunta. Ficamos de pé na sala sem dizer uma palavra. Depois Krisztina olha ao redor, fixa os móveis, os quadros, os objetos, passa-os em revista, um por um. Sigo seu olhar que parece dar adeus a um lugar e a objetos familiares. Olha ao redor com ar de quem já conhece tudo e sabe que agora chegou o momento de se despedir. Há dois modos de olhar as coisas, sabe? Como se a pessoa as estivesse descobrindo pela primeira vez ou como se lhes dissesse adeus. No olhar de Krisztina não há nada da curiosidade de quem descobre alguma coisa. Seu olhar vaga pela sala com a calma e a naturalidade de quem olha o próprio lar, onde conhece o lugar de cada coisa. Em seus olhos, estranhamente embaçados, de vez em quando percebo uns lampejos. Parece se esforçar para manter o autocontrole, mas sinto que está prestes a perdê-lo, assim como está prestes a perder a você e a mim. Bastaria um olhar, um gesto repentino, uma palavra lançada, alguma coisa que pudesse ter consequências irremediáveis... Fica olhando por instantes os quadros sem um interesse particular, depois dá uma olhada altiva para a espaçosa cama turca, e vejo-a fechar os olhos. Depois se vira e sai da sala tal como entrou, sem dizer uma palavra. Não a sigo, mas da janela aberta vejo-a atravessar o jardim. Afasta-se ao longo de uma fileira de rosas — desabrocharam justamente nesse dia — e sobe na pequena caleça que a espera no portão, agarra as rédeas e parte. Vejo-a desaparecer na curva da estrada."

Interrompe-se e ergue os olhos para o hóspede.

"Não o estou cansando?", pergunta, cortês.

"Não", responde Konrad com voz rouca. "De jeito nenhum. Continue."

"Tenho medo de ser prolixo", diz quase se desculpando. "Mas tem que ser assim: só podemos compreender o essencial partindo dos detalhes, esta é a experiência que tirei tanto dos livros como da vida. É preciso conhecer todos os detalhes, porque não se pode saber qual será importante depois, e que palavras esclarecerão alguma coisa. É preciso contar de forma ordenada. Mas agora não me resta mais muito a dizer. Você fugiu, Krisztina subiu na caleça e foi para casa. E eu, que posso fazer, naquele momento e no futuro? Continuo a fixar o ponto onde Krisztina desapareceu. Depois me lembro de que na entrada, atrás da porta, está o seu ordenança. Chamo-o, o jovem entra, fica em posição de sentido. 'Às ordens!', diz. 'Quando o senhor capitão foi embora?' 'Pegou o rápido de madrugada, que vai para a capital.' 'Levou muita bagagem?' 'Não, só algumas roupas civis.' 'Deixou disposições ou mensagens?' 'Disse que desocupava a casa, que os móveis deverão ser vendidos. O senhor advogado irá se ocupar de tudo. Voltarei para o regimento', diz. Ficamos ali nos olhando. E nesse instante acontece algo que jamais poderei esquecer: aquele rapaz de vinte anos, filho de camponeses — com certeza você se lembra do rosto dele, bondoso e inteligente —, sai da posição de sentido e, com o olhar fixo prescrito pelo regulamento, deixa de ser o simples soldado em presença de um superior, assume a expressão de quem sabe certas coisas e sente pena de quem está defronte dele. Em seu olhar há uma profunda compaixão, que primeiro me faz empalidecer e logo depois, enrubescer. É quando — pela primeira e última vez — perco o controle.

Aproximo-me dele, agarro-o pela jaqueta, levanto-o do chão; respiramos cara a cara, olhando-nos intensamente nos olhos. Nos do rapaz leio o terror e ao mesmo tempo uma compaixão persistente. Como você sabe, naquela época era melhor não tentar comprar briga comigo: a menor provocação desencadeava a força de meus punhos. Como também sei disso, sinto que estamos os dois em perigo, eu e seu ordenança. Então, relaxo as mãos, deixo-o cair no chão como um soldadinho de chumbo; suas botinas grosseiras batem no soalho e ele se põe de novo em posição de sentido, como na parada. Tiro o lenço e enxugo a testa. Basta uma única pergunta, à qual o rapaz terá de responder. A pergunta é esta: 'A senhora que esteve aqui há pouco já veio a esta casa no passado?...'. Se não me responder imediatamente, penso eu, vou matá-lo. Mas, mesmo se me respondesse, talvez também o matasse, e não só a ele... Em momentos assim não se raciocina mais. Mas sei que, no final das contas, qualquer pergunta é supérflua. Já sei que Krisztina esteve ali antes e não só uma, mas muitas vezes."

Abandona-se contra o espaldar e, com um gesto de cansaço, apoia os cotovelos nos braços da poltrona.

"Agora não tem mais sentido continuar a interrogá-lo", diz. "O que resta saber não é com certeza aquele estranho que poderá me revelar. Devo conhecer a razão do que aconteceu, descobrir o que é que está abrindo um abismo entre dois homens e onde tem início a traição. Eis o que me resta saber. E também que culpa tenho em tudo isso..."

Diz essas coisas em voz muito baixa, em tom hesitante e de profundo desconforto. Compreende-se que essa pergunta — que o atormentou por quarenta e um anos e para a qual jamais obteve resposta —, esteja-a fazendo pela primeira vez em voz alta.

16.

"Pois não é por acaso que as coisas acontecem assim", diz o general mais decidido, levantando a cabeça. Acima deles, as velas queimam com chamas delicadas e sobe a fumaça dos pavios enegrecidos. Lá longe, a paisagem e a cidade estão envoltas no breu, nenhum lampião pontilha a noite. "Os homens contribuem para o próprio destino, determinam certos fatos que vão acontecer com eles. Chamam o destino, apertam-no contra si e não se separam mais dele. Agem desse modo mesmo sabendo desde o início que esses atos terão resultados nefastos. O homem e seu destino se realizam reciprocamente, moldando-se um no outro. Não é verdade que o destino se introduz às escondidas em nossa vida: entra pela porta que nós mesmos escancaramos, pondo-nos de lado para convidá-lo a entrar. Na verdade, não há criatura suficientemente forte e inteligente para saber afastar, com palavras e fatos, o destino infausto que, segundo uma lei implacável, deriva de sua índole e de seu caráter. E agora lhe pergunto: é possível que eu nunca tivesse sabido nada sobre você e Krisztina?... À medida que o tempo passava, ou no início de tudo, quer dizer, quando começou essa história que dizia respeito a nós três? Foi você que me apresentou Krisztina, a quem conhecia desde a adolescência. Dera-lhe partituras para serem copiadas pelo pai dela, cujas mãos, prejudicadas por um ataque apoplético, ainda prestavam para executar esse trabalho mas já não eram capazes de segurar o arco e tirar do violino sons límpidos e sugestivos como outrora. Ele fora obrigado a renunciar à carreira e a abandonar as salas de concerto, contentando-se em ensinar música a rapazes poucos dotados de uma pequena cidade do interior, e em conseguir modestos ganhos extras corrigindo e recopiando as composições musicais de diletantes de talento. Foi nessa época que você conheceu Krisztina, então com dezessete anos. A mãe já havia morrido, na cidadezinha do Tirol Sul onde nascera e aonde fora curar, numa clínica, seu coração doente. Mais tarde, no final de nossa viagem de núpcias, fomos àquela estação termal para conhecer a clínica, pois Krisztina queria ver o quarto onde sua mãe morrera. Pernoitamos em Riva e depois, de automóvel, chegamos a Arco pela tarde, após ter percorrido as margens do lago de Garda, perfumadas de flores e laranjeiras. A paisagem é salpicada de oliveiras de folhas cinza-prateado, e através da brisa tépida e úmida se avista pouco mais adiante, entre os rochedos, o prédio da clínica. As palmeiras de todo tipo, a luminosidade difusa, o ar pesado dão uma impressão de estufa, por todo lado reina um silêncio profundo. O edifício amarelo-claro onde a mãe de Krisztina viveu seus últimos anos tem um aspecto misterioso, como se encerrasse todas as melancolias humanas, como se em Arco as doenças de coração fossem uma espécie de atividade silenciosa, consequência de todas as desilusões e dos incompreensíveis incidentes da vida. Krisztina dá a volta no edifício. O silêncio, o cheiro das plantas mediterrâneas cheias de espinhos, os vapores mornos e perfumados que tudo envolvem tal como as ataduras de linho envolvem os corações doentes, me perturbam profundamente. Em Arco, pela primeira vez sinto que Krisztina não me pertence de todo. Tenho a impressão de ouvir, vindo de muito longe, do abismo do tempo, a voz sábia e melancólica de meu pai, que fala de você, Konrad."

É a primeira vez nesta noite que o general profere o nome do hóspede, sem ênfase nem hostilidade, em tom cortês e indiferente. "Meu pai diz que você não é um verdadeiro soldado, que pertence a uma raça diferente. Não o entendo, ainda não sei o que significa ser diferente. Só mais tarde, depois de muitas horas passadas na solidão, vou perceber que tudo sempre gira em torno disso. As relações entre homem e mulher, a amizade, o convívio em sociedade dependem disso, das diferenças que dividem os gênero humano em duas partes. Às vezes sou levado a crer que as diversas classes sociais, as divergências ideológicas, os conflitos de poder, em suma, todos os contrastes que dividem a humanidade dependem dessa diferença. E, assim como as pessoas que pertencem ao mesmo grupo sanguíneo são as únicas que podem doar sangue a quem é vítima de um acidente, assim também um espírito só pode socorrer outro se não for diferente dele, se sua concepção do mundo for a mesma, se entre os dois existir um parentesco espiritual. Assim, justo ali em Arco, intuí pela primeira vez, angustiado, que Krisztina também era diferente. E me voltaram à memória as palavras de meu pai, que não lia livros mas também aprendera, com a experiência e a reflexão solitária, a conhecer certas verdades; também sentira o desacordo que pode haver entre seres humanos de raça diferente, pois se unira a uma mulher que amava, mas ao lado de quem sempre se sentiu só. Meus pais tinham temperamentos e ritmos de vida diferentes, feitos para se desentender, pois minha mãe também era diferente, como eram você e Krisztina... E em Arco descobri mais uma coisa. Os sentimentos que tinha por minha mãe, por você e por Krisztina eram idênticos: a mesma nostalgia, as mesmas expectativas angustiantes, os mesmos desejos impotentes. O fato é que sempre amamos quem é diferente de nós, e continuamos a buscá-lo em todas as circunstâncias. E este é um dos mistérios da vida. Quando dois seres iguais se encontram, considera-se uma felicidade, um dom do destino. Mas encontros desse tipo, infelizmente, são raros, como se a natureza fizesse de tudo, usando a força e a astúcia, para impedir que se formasse tal harmonia — talvez porque precise, para recriar o mundo e renovar a vida, da tensão que cresce entre indivíduos que, mesmo vivendo segundo ritmos e pendores discrepantes, se perseguem eternamente. Uma espécie de corrente elétrica alternada... para onde se vire, o olhar se depara com essa troca contínua entre os polos negativo e positivo. Quanto desespero, quantas esperanças inúteis se escondem atrás dessa alternância! Voltando àquele dia em Arco, tornei a escutar a voz de meu pai e compreendi que o destino paterno estava se reproduzindo em mim: meu caráter e meus gostos eram semelhantes aos seus, enquanto minha mãe, você e Krisztina se situavam na margem oposta, cada um com um papel distinto em minha vida — o da mãe, o do amigo, o da mulher amada e amante —, mas todos exercendo idêntica função para mim. Vocês estavam, como eu disse, na margem oposta, ali onde nenhum de nós jamais conseguirá pôr o pé... E mesmo se conseguíssemos tudo da vida, se vencêssemos todas as dificuldades, a única coisa que jamais poderíamos fazer é mudar os gostos, as preferências, os ritmos de vida de alguém, é anular a diferença que caracteriza a pessoa que conta, aquela a quem nos sentimos ligados. E em Arco intuí isso pela primeira vez, enquanto Krisztina dava a volta no edifício onde sua mãe morrera."

O general apoia-se no espaldar da poltrona e esconde o rosto entre as mãos com um gesto que exprime impotência e resignação, como se enfim tivesse tomado consciência de que jamais poderá combater as leis da natureza humana.

"Depois deixamos Arco e viemos para cá, iniciar nossa vida no castelo", diz. "O resto você sabe. Foi você quem me apresentou Krisztina, mas nunca demonstrou a simpatia que sentia por ela. Ter encontrado Krisztina foi indiscutivelmente o fato mais importante de minha vida. Krisztina não era de raça pura: tinha nas veias um pouco de sangue alemão, um pouco de sangue italiano, e muito de sangue húngaro. Talvez também tivesse umas gotas de sangue polonês, por parte de pai. Havia nela algo indefinível: não se podia atribuir-lhe uma raça nem uma classe, como se a natureza tivesse se divertido em criar uma criatura livre e independente, que nada ou pouco tivesse em comum com qualquer grupo humano. Era como um jovem animal selvagem: a cuidadosa educação num colégio religioso, a erudição de seu pai e o carinhoso afeto com que a tratava apenas domesticaram suas maneiras. No íntimo, permanecia selvagem e indomável: tudo o que lhe dei, um patrimônio, uma posição social, para ela contava bem pouco, importava-lhe apenas salvaguardar essa independência interior que era o mais autêntico em sua personalidade e da qual não queria ceder a menor parcela ao mundo em que eu a introduzira. Mesmo seu orgulho era diferente daquele de quem se envaidece de sua posição social, de suas origens, de seu patrimônio ou de algum dote particular. Sentia orgulho de sua fantástica independência de espírito, o que nela agia como uma espécie de veneno hereditário. Você também sabe que Krisztina era um espírito soberano, coisa extremamente rara nos dias de hoje, seja nos homens seja nas mulheres. Pelo visto, isso não depende dos privilégios de berço nem da situação social. Nada podia ofendê-la ou provocar-lhe embaraço ou temor, mas não suportava que lhe impusessem limites, de nenhuma espécie. E tinha algo que é raro encontrar em mulheres: um forte sentido de sua responsabilidade de ser humano. Lembra-se de quando nos encontramos pela primeira vez na casa deles, na sala onde as partituras de seu pai estavam espalhadas em cima da grande mesa e nas cadeiras? Quando Krisztina apareceu, a saleta escura inundou-se repentinamente de luz. Não foi só sua juventude que entrou ali na sala, mas também a paixão, o orgulho, a consciência soberana de seus sentimentos indomados. Nunca vi outra pessoa que soubesse responder tão plenamente a tudo o que nos oferecem o mundo e a vida: a música, um passeio no bosque antes do amanhecer, a cor e o perfume de uma flor, as palavras inteligentes e sensatas que alguém dizia. Ninguém sabia acariciar um tecido de valor ou um animal com o toque apaixonado de Krisztina. Ninguém sabia alegrar-se com as pequenas coisas cotidianas. Demonstrava interesse por tudo, homens e bichos, astros e livros, sem por isso se dar ares de superioridade, sem posar de intelectual, mas ao contrário se aproximando de tudo o que a vida nos oferece com a exultante serenidade de quem se sente em casa no mundo. Como se todas as manifestações do mundo lhe dissessem respeito pessoalmente, entende?... Sim, sei que você me entende. E sabe que em seu espírito tão aberto e sem preconceitos havia uma grande humildade, como se ela a todo instante se desse conta de que a vida é um grande presente, uma graça suprema. Vez por outra ainda vejo seu rosto", diz emocionado. "Nesta casa nunca mais você verá seu retrato, aquele quadro grande feito pelo pintor austríaco, que ficou muito tempo pendurado entre os retratos de meus antepassados homens e mulheres e que foi tirado da parede. Não tenho nem mais sequer uma fotografia, aqui no castelo não restou nenhuma imagem de Krisztina", declara quase satisfeito, como se vangloriando de uma proeza. "Todavia, de vez em quando, em estado de vigília ou quando entro num aposento, ainda vejo seu rosto. E agora, quarenta e um anos depois, quando nós dois que a conhecemos profundamente estamos falando dela, vejo seu rosto com a mesma nitidez com que o vi naquela última noite, quando estava sentada entre nós. Você deve saber que foi a última vez que Krisztina e eu jantamos juntos. Não só você, mas eu também jantei com ela pela última vez naquela ocasião. Pois foi o dia em que tudo aconteceu entre nós três, como estava fadado a acontecer. E, tendo Krisztina o temperamento que sabemos, pareceu-me inevitável que certas decisões fossem tomadas: você partiu para os trópicos, eu e Krisztina nunca mais nos dirigimos a palavra", diz tranquilamente.

E encara o fogo.

"Éramos assim", prossegue com simplicidade. "Aos poucos, cheguei a entender o que tinha ocorrido. Em primeiro lugar, houve a música. Na vida de certas pessoas há certos fatores recorrentes e fatais. Entre você, Krisztina e minha mãe a música foi uma espécie de tecido conjuntivo. Comunicava a vocês algo que é impossível expressar em palavras e atos. Provavelmente também permitia que se entendessem, enquanto meu pai e eu, que éramos diferentes, e portanto excluídos daquelas conversas, nos sentíamos isolados com vocês. Graças à música, entre Krisztina e você criara-se um entendimento que entre mim e ela acabou faltando. Por isso tenho horror a música", diz, levantando a voz pela primeira vez nesta noite, e quase com violência. "Odeio essa linguagem melodiosa e incompreensível que permite a certas pessoas comunicarem-se com desenvoltura coisas vagas, insólitas; às vezes tenho até a impressão de que com a música se comunica algo inconveniente, imoral. Observe o rosto de quem ouve música, e veja como sua expressão se transforma... E no entanto, não me lembro de você e Krisztina terem procurado uma ocasião para tocarem juntos — não me lembro de algum dia tê-los visto tocando a quatro mãos. E você nunca se sentou ao piano diante de Krisztina, pelo menos em minha presença. Evidentemente, por discrição e uma espécie de pudor, Krisztina se continha e, comigo presente, não se entregaria com você ao prazer da música. Esta, não tendo nenhum significado que possa ser definido em palavras, deve ter um significado mais perigoso, visto que consegue comover tão intensamente todos os que se sentem unidos não só pelo ouvido musical, mas também pelo sangue e pelo destino. Não acha que seja assim?..."

"Totalmente de acordo", responde o hóspede.

"Isso me conforta", diz educadamente o general. "O pai de Krisztina, grande conhecedor de música, também era da mesma opinião. Você deve saber que foi o único com quem certa vez falei de tudo isso, da música, de você e de Krisztina. Já era muito velho, morreu pouco depois de nossa conversa. Eu tinha acabado de voltar da guerra. Fazia dez anos que Krisztina havia morrido. Já estavam mortas ou distantes todas as pessoas que outrora foram importantes para mim, meu pai e minha mãe, você e Krisztina. Só estavam vivos os dois velhos, Nini, a ama, e o pai de Krisztina; o que os mantinha em vida, exatamente como agora acontece conosco, eram a estranha indiferença e a vontade tenaz dos velhos de alcançar um objetivo insondável. Eu tampouco já não era jovem, passara dos cinquenta anos, e me sentia sozinho como aquela árvore da floresta em torno da qual todas as outras foram destruídas por uma tempestade na véspera da declaração de guerra. Só essa árvore ficou de pé no meio da clareira, perto do pavilhão de caça. Agora, um quarto de século depois, um novo bosque cresceu ao redor, mas a velha árvore, solitária entre as mais jovens, ainda está ali, cheia de vigor, continua a viver com uma força absurda e gigantesca. Qual pode ser o objetivo de sua existência? Nenhum, creio. A meu ver, a vida não tem outro objetivo além de durar e renovar-se o mais tempo possível. Assim, eu tinha acabado de voltar da guerra e falei com o pai de Krisztina. O que sabia de nós três? Tudo. E eu lhe disse — nunca havia dito a ninguém — tudo o que valia a pena dizer. Estávamos sentados na sala escura, entre móveis antigos e velhos instrumentos; havia maços de partituras espalhadas por todo lado, em cima das prateleiras, nos armários, uma música sem voz aprisionada nos sinais das pautas, o trinado e o estrondo de notas trancadas entre aquelas folhas impressas, entre aquelas paredes onde tudo exalava um perfume velho, como se cada sopro de vida e a presença humana já tivessem se afastado dali... O velho me escutou e depois disse apenas: 'O que pretende? Você sobreviveu a tudo'. Disse isso como se proferisse uma sentença ou como se lançasse uma acusação. Olhava fixo diante de si na penumbra, com olhos embaçados. Já estava muito velho, passara dos oitenta. Então compreendi que quem sobrevive não tem o direito de acusar ninguém. Quem sobrevive ganhou sua causa, não tem nenhum motivo para formular acusações. Demonstrou ser o mais forte, o mais astuto, o mais prepotente. Como nós dois", conclui secamente.

Seus olhares se encontram, se investigam.

"Depois o pai de Krisztina também morreu", diz. "Sobraram apenas a ama e você, que estava andando pelo mundo, e este castelo e a floresta. Eu também tinha sobrevivido à guerra", diz satisfeito. "Não tentei evitar a morte, mas tampouco a procurei: seria mentira afirmar o contrário. Provavelmente ainda tinha uma conta a acertar neste mundo", acrescenta com ar absorto. "Ao meu redor as pessoas iam morrendo, vi a morte nas formas mais diversas, espantava-me a grande variedade de modos de morrer; a morte tem uma força de imaginação semelhante à da vida. Calculou-se que na guerra morreram dez milhões de seres humanos. Na gigantesca fogueira da guerra, era de imaginar que todas as dúvidas, as questões e as paixões pessoais seriam aniquiladas. Mas, pelo contrário, sobreviveram ao incêndio. Quanto a mim, sabia, mesmo em meio a tanta destruição, que ainda me restava um assunto pessoal a resolver, e é por isso que não fui herói nem covarde, e mantive a calma até nos momentos mais dramáticos, durante os embates mais mortíferos, porque sabia que não podia me acontecer nada de grave. E um dia voltei da guerra para casa e recomecei a esperar. O tempo passou, e o mundo pegou fogo mais uma vez. Mas sei muito bem que é sempre o mesmo incêndio, que agora se alastra com uma violência nunca vista... E dentro de mim permanecia o mesmo problema insolúvel que duas guerras, as ruínas e as cinzas acumuladas nos anos não conseguiram sepultar. O mundo está de novo em chamas, seres humanos morrem aos milhões, mas neste mundo enlouquecido você, que vem da margem oposta, conseguiu encontrar o caminho que o trouxe de volta à pátria para esclarecermos tudo o que não fomos capazes de resolver quarenta e um anos atrás. É imensa a força da natureza humana: ela precisa de qualquer maneira obter uma resposta para a pergunta que singularizou como a mais importante. Por isso você voltou e por isso o esperei. É possível que este mundo tenha chegado ao fim", diz em tom resignado, indicando com um gesto circular o espaço em torno de si. "É possível que a luz do mundo se apague e que, em seguida a alguma convulsão ainda mais terrível que a guerra, mergulhemos numa escuridão semelhante à que nos envolve esta noite; também é possível que no espírito humano as coisas evoluam de tal modo que tudo o que ficou em suspenso seja discutido e resolvido a ferro e a fogo. Graças a diversos sinais, percebo que esse momento está próximo. Quem sabe?...", diz com certo distanciamento. "É possível que as formas de vida que nossos pais nos transmitiram, assim como esta casa e este jantar, inclusive as palavras com que discutimos agora à noite sobre as questões mais importantes, pertençam todas ao passado. Há demasiada tensão no coração dos homens, demasiada animosidade, demasiada sede de vingança. Olhamos no fundo de nossos corações: que encontramos? Uma paixão que o tempo apenas atenuou sem conseguir extinguir suas brasas. Por que deveríamos esperar algo diferente dos outros homens? E nós dois, que somos velhos e sensatos e que chegamos ao fim de nossas vidas, também estamos sedentos de vingança... vingança contra quem? Um contra o outro, ou contra a memória de alguém que não existe mais. São paixões alucinantes. No entanto, animam nossos corações. E então, por que deveríamos esperar algo diferente de um mundo cheio de inconsciência e inveja, de ódio e prepotência? Jovens se atiram, de baioneta calada, contra jovens de outra nacionalidade, homens se degolam mutuamente, regras e acordos outrora sagrados são rasgados. Só as paixões vivem e queimam e clamam vingança aos céus... Sim, só a sede de vingança. Voltei da guerra, onde poderia ter morrido mas não morri, porque esperava poder me vingar. Mas, como? eu me perguntaria agora. Que vingança?... Vejo pelo seu olhar que não está entendendo o que é essa sede de vingança. Que vingança ainda é possível entre dois velhos que agora só esperam a morte?... Todos desapareceram; nessas alturas, que sentido pode ter a vingança?... Eis a pergunta que leio em seus olhos. E lhe respondo com uma única palavra: vingança! Foi ela que me manteve em vida, em tempos de paz e em tempos de guerra, durante os quarenta e um anos que se passaram, foi graças a ela que não me matei, não fui morto e não matei — assim, pelo menos, quis o destino. Agora chegou a vingança, como sempre desejei. A vingança consiste simplesmente em você ter vindo me ver, em ter atravessado o mundo em guerra e os mares infestados de minas para vir até aqui, o lugar de seu crime, e me responder, me esclarecer a verdade. Esta é que é a minha vingança. E agora você me responderá."

Profere as últimas palavras em voz tão baixa que o hóspede se inclina para a frente a fim de melhor ouvi-lo.

"Está bem", diz este último. "É possível que você tenha razão. Interrogue-me e, se estiver em condições, responderei."

A luz das velas está se apagando, entre as grandes árvores do jardim sopra um vento que prenuncia a madrugada. A sala com os dois velhos está quase no escuro.

17.

"Deve responder a duas perguntas", diz o general falando em voz baixa, em tom confidencial. "Preparei-as há muito tempo, durante anos e anos, enquanto o esperava. Você é o único que pode me dar uma resposta. Sei o que está pensando: que eu gostaria de saber se não me enganei, se é mesmo verdade que naquela manhã, durante a caçada, você tinha a intenção de me matar. Não poderia ter sido uma alucinação? Afinal de contas, nada aconteceu. Até o melhor caçador pode ser enganado pelo instinto. E a seu ver, provavelmente a outra pergunta deveria ser esta: você foi amante de Krisztina ou, como se diz habitualmente, Krisztina me traiu com você, no sentido concreto, vulgar e miserável da palavra? Não, meu amigo, são perguntas que não me interessam mais. A essas duas questões já responderam, tanto você como o tempo, e, a seu modo, Krisztina também. Você, no dia seguinte à caçada, quando fugiu de nós abandonando a cidade e a bandeira, como se dizia antigamente, quando os homens ainda acreditavam no significado dessa palavra. Não lhe pergunto isso porque sei com absoluta certeza que naquela manhã sua intenção era me matar. Não o estou acusando: no máximo, tenho pena de você. Deve ser um horror o instante em que a tentação agarra o coração de um homem e o induz a levantar a arma para matar o amigo. Pois foi assim que as coisas se passaram. Você poderia negá-lo?... Não diz nada?... No escuro, não vejo seu rosto... mas já não é preciso mandar buscar outras velas, pois nos reconhecemos e nos compreendemos mesmo no escuro, agora que chegou o momento, o momento da vingança. Vamos concluir. Nas décadas que se passaram jamais duvidei um só instante de que naquela manhã você quis me matar, e sempre tive pena de você por isso. Sei o que sentia, sei exatamente como se estivesse no seu lugar, na hora dessa terrível tentação. Você agiu em estado de inconsciência, no instante em que a aurora está prestes a chegar, quando as forças dos infernos exercem ainda seu poder sobre a terra e sobre os corações humanos, quando a noite exala seu último suspiro traiçoeiro. É um instante perigoso. Conheço-o. Mas, veja bem, estes são fatos para um inquérito policial. E de que me adiantaria uma verdade obtida por meios judiciais, uma verdade que me revelasse, provas na mão, o que descobri sozinho com a razão e o coração? Que importância teriam para mim segredos da casa de um solteiro, detalhes rançosos de um caso de infidelidade conjugal, segredos mofados de alcova, que importância teria para mim descobrir a vida íntima de uma mulher já falecida e a de dois velhos que se encaminham a passos inseguros para a cova? Meu comportamento não seria abjeto se, no final da vida, lhe pedisse explicações sobre tudo o que confirma a hipótese do adultério e da tentativa de homicídio, se lhe extorquisse uma confissão, quando, agora, tudo o que aconteceu ou podia ter acontecido já está legalmente prescrito?... Seria vergonhoso, indigno de você e de mim e das recordações de nossa juventude e de nossa amizade. Talvez para você fosse um alívio contar-me os fatos concretos. Mas não quero que sinta alívio", diz calmamente. "Quero a verdade, e para mim a verdade não pode consistir num punhado de dados empoeirados, no véu que encobre a paixão e os desatinos de um corpo feminino agora reduzido a cinzas... Que proveito nós dois teríamos, o marido e o amante, agora que o corpo não existe mais e somos dois velhos decrépitos? De que adiantaria comentarmos o que aconteceu, esforçarmo-nos para conhecer a verdade, se é para depois irmos ao encontro da morte, eu aqui no castelo, onde meus ossos se juntarão aos de meus antepassados, e você em algum lugar distante, nos trópicos ou nos arredores de Londres? Que importância têm, no final da vida, a verdade e a mentira, os enganos e as traições, as tentativas de homicídio ou até mesmo o próprio homicídio, que me importa saber onde, quando e quantas vezes Krisztina, minha mulher, o único grande amor de minha vida, me traiu com você, meu único amigo? E, admitindo que me dissesse a verdade, a triste e celerada verdade, que me confessasse tudo e me contasse exatamente como começou o romance de vocês, que abismos de ciúme, desejo, medo e infelicidade os levaram aos braços um do outro, o que sentia quando a mantinha abraçada, que sentimentos de culpa e rancor atormentavam o espírito de Krisztina, de que serviria tudo isso? No final tudo se torna tão simples — o que foi e o que poderia ter sido! Fatos do passado acabam ficando mais inconsistentes que o pó e as cinzas. E o que era uma tortura intolerável, a ponto de nos fazer pensar na morte ou no homicídio — pois também tive esses sentimentos, também conheci a mais atroz das tentações quando fiquei sozinho com Krisztina, depois que você foi embora —, tudo adquire menos consistência que a poeira levantada pelo vento nos cemitérios. Mas então não seria absurdo e humilhante insistir nessas coisas? Aliás, sei rigorosamente tudo, como se tivesse lido um minucioso relatório policial, e poderia lhe fazer a lista de todas as acusações contra vocês como se fosse um membro do ministério público no tribunal. Mas, e depois? O que faria com essa verdade que não vale nada, com o segredo de um corpo que não existe mais? O que é a fidelidade? E podemos impô-la à pessoa que amamos, mesmo que seja só por desejo de vê-la feliz? Também refleti muito sobre isso. Será que a fidelidade não é uma espécie de terrível egoísmo e vaidade, como são a maior parte das exigências humanas? Quando exigimos fidelidade, como podemos querer que a outra pessoa seja feliz? E se ela não consegue se sentir feliz na prisão da fidelidade, e continuamos a mantê-la trancada, será que podemos dizer que a amamos? Agora, no fim da vida, não ousaria mais responder a essas perguntas com a mesma certeza que tinha quarenta e um anos atrás, quando Krisztina me deixou sozinho em sua casa, onde já estivera várias vezes, onde você acumulara tesouros para poder recebê-la dignamente e onde as duas pessoas às quais fui mais ligado na vida me traíram de forma tão vergonhosa e vulgar, banal até. Agora sei que as coisas se passaram assim", diz sem paixão, quase com indiferença. "O que normalmente se chama traição, a triste e banal rebelião dos corpos contra uma situação e uma terceira pessoa, torna-se um fato insignificante, se olhamos para trás no fim da vida — insignificante ou deplorável, como um acidente ou um mal-entendido qualquer. Naqueles tempos eu não pensava assim. Estava ali em pé, naquela casa secreta, e fixava com olhos arregalados os móveis, a cama turca, como se buscasse o rastro dos indícios de um crime... sim, quando se é jovem e sua mulher o trai com seu único amigo, de quem você gosta mais que de um irmão, tem-se a impressão de que o mundo desabou ao redor. O ciúme, a decepção, a vaidade ferida fazem sofrer terrivelmente. Mas depois, aos poucos a dor se atenua, e com os anos até mesmo a raiva desaparece. No final tudo passa, como passa a vida. Naquele dia, ao sair de sua casa, voltei ao castelo e fui para meu quarto esperar

Krisztina. Talvez a esperasse para matá-la, ou simplesmente para ouvir a verdade e perdoá-la... seja como for, esperei-a até de noite; como não chegou, saí e fui me fechar no pavilhão de caça. Talvez tenha me comportado de maneira infantil; agora que repenso e tento expressar um julgamento sobre mim mesmo e sobre os outros, vejo como eram pueris aquela espera e aquela reclusão. Mas assim é o homem, a razão e a experiência não conseguem se impor sobre os componentes fundamentais de sua natureza. Você também deveria saber disso. Fui me fechar no pavilhão de caça que você bem conhece, e por oito anos não revi mais Krisztina. Só a revi morta, na manhã em que Nini mandou me dizer que eu podia voltar porque Krisztina deixara de viver. Sabia que estava doente e que era tratada pelos melhores médicos — moraram meses e meses no castelo e fizeram tudo para salvá-la, mas depois declararam: 'Fizemos todo o possível, de acordo com os conhecimentos atuais da ciência'. Eram palavras vazias. Provavelmente, com seus parcos conhecimentos, fizeram o pouco que podiam fazer, sem pôr em perigo sua presunção e vaidade. Durante aqueles anos toda noite fui informado do que acontecia no castelo, fosse quando Krisztina ainda não estava doente, fosse mais tarde, quando decidiu adoecer e morrer. Porque estava profundamente convencido de que essas coisas também podem ser fruto de uma decisão — agora sei com certeza. Mas não podia ajudar Krisztina, pois entre nós havia um segredo, o único que é impossível perdoar, mas que não é aconselhável revelar antes da hora, já que nunca se sabe o que nele se esconde. Há algo pior que a morte e qualquer sofrimento, é a perda de amor-próprio. Por isso é que eu temia esse segredo, o segredo que unia Krisztina, você e eu. Quando uma ou mais pessoas nos ferem em nosso amor-próprio, que é a nossa dignidade de homem, a ferida é tão profunda que nem a morte consegue pôr fim a esse tormento. É uma questão de vaidade, eu diria. De vaidade, sim... e no entanto o amor-próprio é o que há de mais profundo na vida. Por isso, quem teme perdê-lo aceita qualquer solução, mesmo a mais covarde — olhe ao redor e verá que a vida dos homens é cheia dessas meias soluções: um se afastará da criatura que ama, outro ficará ali mesmo e se trancará no silêncio, na eterna espera de uma resposta... Foi o que fiz. Não por covardia, mas por defesa, por instinto de sobrevivência. Voltei para casa, esperei até a noite, depois fui para o pavilhão de caça e esperei por oito anos uma palavra, uma mensagem. Mas Krisztina não veio. Do pavilhão de caça ao castelo são duas horas de coche. Para mim, na época, essas duas horas, esses vinte quilômetros representavam uma distância maior do que para você a que nos separa dos trópicos. Pareceu-me a única solução, que combinava com minha natureza e minha educação. Se Krisztina me tivesse enviado uma mensagem qualquer, eu teria aceitado todos os pedidos dela. Se tivesse me solicitado para você voltar, eu teria ido buscá-lo e trazido de volta. Se tivesse me pedido para matá-lo, eu teria ido em seu encalço até mesmo no fim do mundo e o teria matado. Se tivesse solicitado o divórcio, eu o teria concedido. Mas nada desejava, pois, a seu modo, também havia sido ofendida pelos que amava; um a ferira fugindo de seu amor, recusando-se a ser destruído por uma união que ele sabia ser fatal, o outro, depois de conhecer a verdade, ferira-a trancando-se no silêncio e na espera. Krisztina também tinha personalidade forte, embora de forma diferente de nós, homens. Naqueles anos amadurecera o destino que envolvia a nós três e cujos desígnios iríamos sofrer. Então, deixei de vê-la por oito anos. Nunca me chegou um apelo dela. Só hoje, enquanto me preparava para elucidar com você tantas coisas antes que seja tarde demais, soube pela ama que durante a agonia Krisztina evocou meu nome. Era a mim que chamava, não a você... Não lhe digo isso para cantar vitória, mas confesso uma certa satisfação. Evocou meu nome, o que sempre significa alguma coisa... Mas só a revi quando já estava morta. Estava linda como sempre. Permanecera jovem, a solidão não endurecera seus traços, a doença não alterara sua beleza, não perturbara a harmonia grave e séria de seu rosto. Mas nada disso lhe diz respeito", exclama com arrogância. "Você viveu andando pelo mundo, e Krisztina morreu. Eu vivi na solidão, trancado em meu ressentimento, e Krisztina morreu. Respondeu a cada um de nós como melhor pôde: porque os mortos, sabe, sempre respondem de forma correta, aliás desconfio de que sejam os únicos a nos dar respostas claras e completas. Que mais poderia ter dito, depois de oito anos, além do que disse com sua morte?... Assim, respondeu a todas as perguntas que você e eu lhe poderíamos ter feito, se ainda desejasse falar com um de nós. Sim, os mortos respondem bem. Mas veja, ela não queria falar conosco. Às vezes tenho a impressão de que, de nós três, Krisztina foi a única verdadeiramente enganada e traída; não eu, que ela traiu com você, e não você, que me traiu com ela. Traição, que palavra estúpida! Há palavras assim, prontas para o uso, das quais nos servimos automaticamente, com indiferença, para indicar determinadas situações. Mas quando tudo acaba, como agora para nós, não sabemos mais o que fazer com essas palavras. Traição, infidelidade, engano são palavras sem sentido quando a pessoa a quem se referem responde de forma definitiva com a morte. Mais do que as palavras conta a realidade muda, e a realidade é que Krisztina morreu e nós dois estamos vivos. Quando cheguei a entender isso era tarde demais. Nada me restou a fazer senão esperar e preparar a vingança — e agora que chegou o momento da vingança e terminou a espera percebo com espanto como é escasso e inconsistente tudo o que ainda podemos ficar sabendo um do outro, confessando ou mentindo. A única coisa que podemos compreender é a realidade. Agora, compreendi. O fogo purificador do tempo eliminou da memória todo vestígio de raiva. Em sonho ou acordado, revejo Krisztina cruzando o jardim com o chapéu de palha de Florença de abas largas, esbelta e ereta, em seu vestido branco, indo para a estufa ou indo conversar com seu cavalo. Hoje mesmo a vi, de tarde, quando cochilei enquanto esperava a sua chegada", diz um pouco envergonhado, como fazem os velhos. "Tenho sempre diante dos olhos as imagens de um passado já distante. E hoje entendi com a razão o que já havia compreendido muito tempo antes com o coração: a infidelidade, o engano, a traição de vocês. Compreendi tudo. Que quer que lhe diga?... A gente vai envelhecendo aos poucos: numa primeira fase, atenua-se a vontade de viver e de ver nossos semelhantes. Vai prevalecendo o sentido da realidade, vai se esclarecendo o significado das coisas, você acha que os acontecimentos se repetem monótona e fastidiosamente. Isso também é um sinal de velhice. Finalmente, você percebe que um corpo é apenas um corpo e que os homens, pouco importa o que façam, são apenas criaturas mortais. Depois, seu corpo envelhece; não todo de uma vez, é verdade, primeiro envelhecem os olhos ou as pernas, o estômago, o coração. A gente envelhece assim, pedaço por pedaço. E então, de repente, sua alma envelhece: mesmo sendo o corpo efêmero e mortal, a alma ainda é movida por desejos e recordações, ainda procura a alegria. E quando também desaparece esse desejo de alegria, só restam as recordações e a inutilidade de todas as coisas; nesse estágio, estamos irremediavelmente velhos. Um dia você acorda e esfrega os olhos e não sabe mais por que acordou. Já sabe exatamente o que o dia apresentará a seus olhos: a primavera ou o inverno, os cenários habituais, as condições atmosféricas, a ordem dos fatos. Nada de surpreendente pode acontecer: não o surpreendem nem sequer os fatos inesperados, insólitos ou horripilantes, porque você conhece todas as probabilidades, já previu tudo e não espera mais nada, nem para o bem nem para o mal... e esta é a verdadeira velhice. E no entanto, alguma coisa ainda vive em seu coração, uma lembrança, uma vaga e nebulosa esperança, há alguém que gostaria de ver, há algo que ainda gostaria de dizer ou saber. Um dia, você tem absoluta certeza, chegará esse momento, e então, de repente, saber e enfrentar a verdade já não lhe parecerá tremendamente importante como imaginara durante os anos de espera. O homem compreende o mundo um pouco de cada vez, e depois morre. Descobre as causas ocultas dos fenômenos e das ações humanas. A linguagem simbólica do inconsciente... pois os homens recorrem a uma linguagem simbólica para comunicar seus pensamentos, você nunca percebeu? Quando falam das coisas essenciais parece que usam uma língua estrangeira, que falam como os chineses, e é preciso traduzir essa língua para trazê-la ao plano da realidade. Os homens não sabem nada sobre si mesmos. Falam sempre de seus desejos e camuflam obstinadamente seus pensamentos mais secretos. Se você aprender a reconhecer as mentiras dos homens, notará que dizem sempre coisas diferentes do que pensam e querem realmente. E então a vida se torna quase divertida. Depois, um dia você consegue entender a verdade: isso quer dizer que a velhice e a morte chegaram. Mas nessas alturas já não sente dor. Krisztina me traiu: que importa? E me traiu justamente com você: como foi mesquinha sua rebeldia! Sim, não me olhe com cara de espanto: falo assim porque agora essa história só me provoca sentimento de piedade. Com o tempo, à medida que fui reunindo os diversos sinais reveladores e que todos os detritos desse naufrágio se acumularam na ilha de minha solidão, olhei o passado com olhos cheios de piedade e ali enxerguei minha mulher e meu amigo, dois rebeldes que, arrastados pela paixão, amedrontados, atormentados por remorsos, tinham feito contra mim um pacto de vida ou de morte. Pobrezinhos!, pensei mais de uma vez. Imaginei até nos mínimos detalhes aqueles encontros numa casa de subúrbio, numa cidadezinha do interior onde é quase impossível evitar os olhares indiscretos das pessoas e sempre se vive com o temor de ser surpreendido, e o fato de vocês terem de circular, em minha casa, sob os olhares desconfiados da criadagem, a angústia que lhes causava a minha presença, os poucos momentos de liberdade a sós, com a desculpa de uma cavalgada, de fazer um pouco de música, de uma partida de tênis, de um passeio no bosque, onde meus couteiros vigiavam os caçadores ilegais... Imagino o ódio que os movia contra mim, enquanto a cada passo, a todo instante deviam se confrontar com o meu poder — poder de marido, de proprietário de terras, de aristocrata — e com uma realidade que era a mais pesada de todas: saber que, mais além do amor e do ódio, sem mim não podiam viver. Eram capazes de me trair, mas não de me dispensar; embora eu fosse diferente de vocês, estávamos inseparavelmente unidos, como estão, segundo uma lei da geometria, os vários elementos de um cristal. Na manhã em que você resolveu me matar deixou cair a arma porque não tolerava mais essa vida angustiante, esses contínuos subterfúgios, essa aflição permanente... Que mais podia fazer? Fugir com Krisztina? Teria que pedir demissão do exército. E, além disso, era pobre, e Krisztina também, e não poderiam aceitar nada de mim. Portanto, fugir com ela era impensável, como teria sido uma relação secreta que podia representar o perigo mortal de ser desmascarado e denunciado a qualquer momento, ser obrigado a me dar explicações, a mim, seu amigo e irmão. Você não teria suportado por muito tempo essa situação. Assim, um belo dia apontou o fuzil para mim. E, mais tarde, senti sincera compaixão por esse seu gesto. Deve ser extraordinariamente doloroso e difícil matar alguém a quem nos sentimos ligados. Você não foi capaz. Não foi forte o suficiente para aproveitar o instante favorável. Depois que ele passou, sentiu-se paralisado. Pois o instante também conta — o tempo determina as coisas por puro capricho, e a ele devemos adaptar nossos atos. Às vezes o tempo nos oferece uma possibilidade, justamente a de um instante preciso, mas se o deixamos escapar não podemos fazer mais nada. Você abaixou a arma e no dia seguinte partiu para os trópicos."

O general examina atentamente a ponta dos dedos.

"Krisztina e eu, ao contrário, ficamos aqui", prossegue. "E aos poucos tudo ficou claro, da maneira inelutável e misteriosa em que tudo vem à luz, propagando-se como as ondas. Você foi embora e nós ficamos aqui. Ficamos vivos: eu, graças ao fato de você ter perdido o momento exato ou o momento o ter perdido — dá no mesmo —, e Krisztina, porque não podia agir de outro jeito, devia esperar alguma coisa, talvez quisesse simplesmente certificar-se de que nosso silêncio, o seu e o meu, fosse uma atitude correta, sendo o silêncio dos dois homens a quem se sentia ligada e que se afastaram para deixá-la passar: esperou até que entendeu o seu verdadeiro significado. E então, morreu. Mas eu continuo aqui e sei tudo, e no entanto tem algo que ainda não sei. Por isso devo continuar a viver e a esperar a resposta. Agora chegou o momento de obter uma resposta à minha pergunta. Diga-me, por favor: Krisztina sabia que naquela manhã, durante a caçada, você quis me matar?"

Formula essa pergunta com calma, mas sua voz vibra de curiosidade, como a de um menino que pergunta aos adultos quais os segredos que regem as estrelas e o universo insondável.

18.

Depois de escutar a pergunta, o hóspede não se mexe. Fica sentado de cabeça baixa, com as mãos nas têmporas, os cotovelos apoiados nos braços da poltrona. Em seguida, respira fundo, inclina-se para a frente, passa a mão na testa. Está prestes a responder, mas o general lhe corta a palavra:

"Um momentinho", diz. "O que eu queria dizer, sabe...", continua depressa, quase se desculpando, "precisava dizer, sabe, e agora que disse percebo que não formulei a pergunta de forma correta, que o coloquei numa situação embaraçosa; você quer me responder, quer me dizer a verdade, mas não formulei a pergunta como devia. Minha pergunta soou como uma acusação. E dentro de mim, não nego, nos anos e anos que se passaram nutri a desconfiança de que aquele instante no bosque, quase ao alvorecer, não dependeu unicamente do acaso, de uma ideia repentina, de uma ocasião, de uma inspiração infernal — não, atormenta-me a dúvida de que aquele instante foi precedido por outros instantes de lúcida reflexão. Pois Krisztina, quando sabe de sua fuga, comenta: 'Era um covarde' — só diz isso, são as últimas palavras que a ouço pronunciar, e é também a última opinião que expressa sobre você. E fico sozinho com essas palavras. Um covarde por quê?... pergunto-me mais tarde. Um covarde em que sentido? Covarde demais para enfrentar a vida com ela e comigo, ou com ela sem mim? Por não ousar e não querer viver nem morrer ao lado de Krisztina?... Eis o que me pergunto. Mas será que ela o achava covarde por um motivo totalmente diferente, por sua recusa em cometer um ato criminoso que é punido por lei, ato que vocês dois, minha mulher e meu melhor amigo, tinham idealizado e combinado juntos? Que plano havia falhado para que você fosse um covarde?... Eis a resposta que ainda gostaria de ouvir antes de morrer. Desculpe-me se não formulei a pergunta corretamente; por isso cortei-lhe a palavra quando você estava para responder. Essa resposta, que em si não tem nenhuma importância, é importante para mim; no fim de tudo, quando a mulher que outrora o acusou de ser um covarde virou cinzas, eu gostaria afinal de esclarecer por que fiz a pergunta em tom de acusação. Dependendo de sua resposta poderei enfim saber toda a verdade. Não há ninguém que possa me ajudar, a não ser você. E não gostaria de morrer sem essa ajuda. Nessas alturas teria sido muito melhor se você, há quarenta e um anos, não tivesse se comportado como um covarde, conforme Krisztina afirmou; sim, teria sido mais decente, mais humano, que uma bala resolvesse o que o tempo não soube resolver. Pois assim permanece a dúvida de que os dois teriam se posto de acordo sobre um homicídio, que você, no final, não teve coragem de cometer. Isso é tudo o que eu ainda gostaria de esclarecer. O resto são só palavras, ideias equivocadas: traição, amor, intrigas, amizade, tudo desbota diante da força iluminadora dessa pergunta, empalidece como os rostos dos cadáveres, como certas imagens que a pátina do tempo embaralha. Não pretendo que me ilumine sobre a verdadeira natureza das suas relações, não quero mais conhecer os detalhes, não me interessam nem 'como', nem 'por quê'. As circunstâncias são sempre tão miseráveis e banais! Tudo acontece sempre pelos motivos e da forma exata em que foi possível acontecer. Pensando bem, não vale a pena se preocupar com os detalhes. Mas vale a pena, aliás é necessário, se preocupar com o essencial, com essa verdade que a meu ver é tudo o que justifica ter eu vivido até hoje. Por que suportei esses quarenta e um anos? Por que o esperei — não como um irmão que espera o irmão infiel, não como um amigo que espera o amigo fugitivo, mas como alguém que é ao mesmo tempo juiz e vítima e espera o réu? E agora o réu está sentado diante de mim, interrogo-o e ele está prestes a me responder. Mas será que lhe fiz a pergunta corretamente, disse-lhe tudo o que ele, culpado e acusado, também deve saber para poder me responder a verdade? Quanto a Krisztina, já respondeu — e não só com a morte. Um dia, vários anos depois de seu falecimento, encontrei o diário encadernado de veludo amarelo que uma noite — noite memorável para mim, a noite que se seguiu à caçada — eu procurara em vão na gaveta de sua escrivaninha. Naquela época, o livro desapareceu, no dia seguinte você foi embora e não falei mais com Krisztina. Depois ela morreu e continuamos a viver, você longe, sei lá onde, e eu nesta casa, para a qual voltei após a morte de Krisztina porque queria viver e morrer nos aposentos onde nasci e nos quais nasceram, viveram e morreram meus antepassados. E, de fato, assim foi, pois as coisas seguem seu curso e esse curso não depende de nossa vontade. Mas em mim e ao meu redor também continuou a viver — a seu modo, às escondidas — aquele diário ao qual Krisztina confiara sem reservas seu amor e suas dúvidas, seus medos e sua essência mais secreta. E o encontrei muito mais tarde, entre os pertences de Krisztina, numa caixa onde guardava também um retrato em miniatura de sua mãe, pintado em marfim, o anel com o selo de seu pai, uma orquídea murcha que um dia eu lhe dera. O caderninho amarelo estava amarrado com uma fita azul, lacrado com o selo do anel de seu pai. Aqui está", diz tirando-o do bolso, e estendendo-o ao amigo, com as seguintes palavras:

"Foi tudo o que me restou depois da morte de Krisztina. Não rasguei a fita porque ela não deixou nenhuma autorização por escrito, não deu nenhuma recomendação a respeito desse seu legado; eu nem podia saber se suas confissões de além-túmulo eram destinadas a mim ou a você. Talvez neste diário se esconda a verdade, isto é, a resposta exata à minha pergunta, já que Krisztina nunca me mentiu", diz, severo.

Mas o amigo não estica o braço para pegar o caderno.

Com a cabeça apoiada na palma da mão, Konrad está sentado imóvel e fixa o livrinho forrado de veludo amarelo, amarrado com uma fita azul. Não se mexe, não pisca.

"Quer que leiamos juntos a mensagem de Krisztina?", pergunta o general.

"Não", diz Konrad.

"Não quer", pergunta friamente o general, com afetação, como um superior que interrogasse um subalterno, "ou não tem coragem?"

Encaram-se por longos minutos enquanto o general, com mão firme, estende o caderno a Konrad.

"A essa pergunta", diz afinal o hóspede, "não respondo."

"Eu imaginava", diz o general. Sua voz soa estranhamente satisfeita.

Com um gesto lento joga o diário nas brasas. A lenha se inflama aos clarões, recebe sua vítima e bem devagar, soltando fumaça, sorve a matéria do caderno, enquanto das cinzas sobem minúsculas chamas. Os dois velhos as observam imóveis, o fogo se anima, parece que se alegra com essa presa inesperada, ofega, cintila, a chama pula para o alto derretendo o lacre do selo, e o veludo amarelo queima soltando uma fumaça densa e acre. Mãos invisíveis parecem folhear as páginas cor de marfim; de repente, entre as chamas aparece a letra de Krisztina — os caracteres pontiagudos e finos deitados outrora no papel pela mão que hoje é pó — e depois, tudo logo se decompõe e se dissolve em cinzas como a mão que outrora encheu aquelas páginas. Em pouco tempo não há mais nada além de um montinho de brasas cintilantes e negras, tal qual um pedaço de cetim preto, da cor do luto.

Os dois amigos, fitando aquele monte de cinzas, permanecem muito tempo calados. Depois o general recomeça:

"Agora você pode responder a minha pergunta. Não há mais nenhum testemunho que possa contradizê-lo. Krisztina sabia que naquela manhã no bosque você tinha intenção de me matar?"

"Agora não respondo nem sequer a esta pergunta", diz Konrad.

"Está bem", diz baixinho o general, quase com indiferença.

19.

Baixou a temperatura da sala. Ainda não se entrevê o menor clarão, mas pelos batentes entreabertos da janela entra uma brisa fresca, cheirando a tomilho, que anuncia a aurora. O general, sentindo frio, esfrega as mãos.

Agora, na semipenumbra dos minutos que precedem o alvorecer, os dois homens parecem muito velhos. São amarelos e ossudos como os esqueletos desengonçados que se balançam nas aulas de anatomia.

O hóspede levanta o braço para ver as horas no relógio que traz no bolso.

"Acho", diz em tom baixo, "que já falamos de tudo. É hora de partir."

"Se quiser ir", diz o general, cortês, "o carro está à sua disposição."

Os dois se levantam, se aproximam instintivamente da lareira, abaixam-se e esticam as mãos para as brasas do fogo já apagado. Sentem-se repentinamente gelados, tremem de frio; refrescou durante a noite; a tempestade, que provocou um curto-circuito na central elétrica, deixando a cidade às escuras, passou pelas vizinhanças do castelo.

"Você voltará para Londres", constata o general como se falasse sozinho.

"É", responde o hóspede.

"Pretende viver lá?"

"Viverei lá até morrer", responde Konrad.

"Entendo", diz o general. "É natural. Não gostaria de ficar aqui amanhã também? Não gostaria de ver alguma coisa ou de encontrar alguém? Não viu a sepultura. Nem sequer viu Nini."

Fala com ar perdido, como se, chegando a hora da despedida, procurasse as palavras adequadas e não conseguisse encontrá-las. Mas o hóspede mantém-se calmo e responde com presteza.

"Não. Não quero ver nada nem ninguém. Cumprimente Nini de minha parte", diz educadamente.

"Obrigado", responde o general. E encaminham-se para a porta.

O general pousa a mão na maçaneta. Estão em pé, um defronte do outro, com o tronco ligeiramente inclinado, como duas pessoas formais prestes a se despedir. Mais uma vez olham ao redor, para aquela sala onde — têm certeza — nenhum dos dois jamais voltará a entrar. O general olha em torno piscando como se procurasse alguma coisa.

"As velas", diz distraidamente, enquanto seus olhos param nos tocos de cera que fumegam nos candelabros sobre a bancada da lareira. "Olhe, as velas se consumiram inteiramente."

"Duas perguntas", diz Konrad abruptamente, com voz surda. "Você disse que eram duas perguntas. Qual é a segunda?"

"A segunda?...", retruca o general. Inclinam-se um para o outro cochichando, como dois velhos cúmplices apavorados com as sombras da noite e que temem ser escutados por ouvidos indiscretos. "A segunda pergunta?...", repete num sussurro. "Mas se você não respondeu nem a primeira... Escute", diz a meia voz. "O pai de Krisztina me repreendeu por ter sobrevivido a tudo o que acontecera. Mas não se responde apenas com a própria morte. Embora esta seja uma boa resposta, também se responde sobrevivendo a alguma coisa. Nós dois sobrevivemos a Krisztina", prossegue em tom confidencial. "Você, indo para longe, eu, ficando aqui. Tanto faz que tenhamos feito essa opção por covardia, por cegueira, por sabedoria ou desejo de vingança. O fato é que sobrevivemos. A seu ver, tínhamos um motivo válido para isso?... Você não acha que, diante dessa morte, devemos nos sentir responsáveis por tudo o que aconteceu? No final das contas, ela se mostrou superior e mais humana que nós dois — superior porque respondeu com a própria morte, enquanto nós continuamos vivos, e não temos nenhuma atenuante. São estes os fatos. Quem sobrevive a alguém comete uma traição. Consideramos que devíamos continuar vivos, mas não temos qualquer atenuante, já que, pelos mesmos motivos, ela morreu. Krisztina morreu porque você foi embora, morreu porque fiquei aqui e não fui encontrá-la, morreu porque nós dois, os homens a quem pertencia, éramos seres desprezíveis, orgulhosos e ao mesmo tempo covardes, petulantes e ao mesmo tempo mudos, tudo isso em níveis que ela era incapaz de tolerar. Fugimos dela, traímo-la sobrevivendo a ela. Esta é a verdade. E é preciso que você se lembre disso, em Londres, quando chegar sua hora final. E tampouco me esquecerei, aqui nesta casa. Sobreviver a uma pessoa que amamos tanto, a ponto de nos dispormos a matar por ela, à qual éramos tão ligados que por pouco não morremos, é um dos crimes mais misteriosos e inqualificáveis da vida. O código penal não o menciona. Mas nós dois sabemos o que pensar disso", diz a meia voz, seco. "E também sabemos outra coisa: que, apesar de nossa sensatez covarde e orgulhosa, não nos salvamos, pois, de um jeito ou de outro, nós três éramos ligados para a vida e para a morte. É muito complicado entender isso, e quando entendemos sentimos uma aflição toda especial. O que queríamos obter sobrevivendo a ela? O que ganhamos com isso?... Você se livrou de uma situação incômoda? Mas essa situação não tinha a menor importância, pois se tratava da verdade de sua vida, do fato de que neste mundo havia uma mulher à qual você se sentia ligado, mesmo sendo essa mulher a esposa de seu melhor amigo. E a opinião do mundo também não tinha a menor importância. No final, só tem importância o que fica em nosso coração."

"E o que fica?", pergunta Konrad.

"É esse o sentido da segunda pergunta", responde o general, sem tirar a mão da maçaneta da porta. "Ei-la: o que ganhamos com nosso orgulho e nossa presunção? O verdadeiro significado de nossa vida não terá sido a atração irresistível por uma mulher que morreu? É uma pergunta difícil, eu sei. De minha parte, não sei o que responder. Em minha vida experimentei tudo, vi tudo, a paz e a guerra, coisas miseráveis e grandiosas; vi um covarde como você e um presunçoso como eu; vi desencadearem-se lutas e restabelecerem-se compromissos. Mas quem sabe se, no fundo, o significado de nossa vida e de todas as nossas ações não tenha sido o laço que nos unia a alguém que nos magoou — o laço ou a paixão, chame-o como quiser. É esta a pergunta? Sim, é esta. Gostaria que você dissesse", prossegue baixinho, como se receasse ter alguém às suas costas escutando suas palavras, "o que acha disso. Não acredita que o significado da vida é simplesmente a paixão que um dia invade nosso coração, nossa alma e nosso corpo e que, aconteça o que acontecer, continua a queimar eternamente, até a morte? E não acredita que não teremos vivido em vão, se um dia sentimos essa paixão? É aí que me pergunto: a paixão é de fato tão profunda, tão má, tão grandiosa, tão desumana? Será que realmente é desejar uma pessoa específica, ou é apenas o próprio desejo? Será que consiste em querer uma criatura bem definida, a mesma e misteriosa criatura que pode ser boa ou má — tanto faz —, pois não são suas ações nem suas qualidades que vão modificar a intensidade de nosso sentimento? Esta é a pergunta. Responda, se for capaz", diz, levantando a voz.

"Por que me pergunta?", responde calmamente o hóspede. "Você sabe muito bem que é assim."

E examinam-se longamente, com atenção.

O general respira com dificuldade. Abaixa a maçaneta. O vestíbulo espaçoso está riscado de sombras e luzes ondulantes. Descem os degraus em silêncio, os criados correm até eles levando-lhes lanternas, o capote e o chapéu de Konrad. Diante do portão, as rodas do carro rangem no cascalho. Konrad e o general despedem-se em silêncio, com um aperto de mão e uma profunda reverência.

20.

O general sobe para seu quarto. No início do corredor a ama o espera.

"Agora está se sentindo mais calmo?", pergunta.

"Estou", diz o general.

Encaminham-se juntos para o quarto. A ama anda com passinhos rápidos, como se tivesse acabado de se levantar e se preparasse apressada para seus afazeres matutinos. O general anda com lentidão, apoiando-se na bengala. Percorrem o corredor atopetado de quadros pendurados nas paredes. Diante da mancha vazia que indica o lugar onde estava o retrato de Krisztina, o general para de repente.

"O quadro", diz, "agora pode pendurá-lo de novo."

"Está bem", diz a ama.

"Não tem a menor importância", diz o general.

"Eu sei."

"Boa noite, Nini."

"Boa noite."

A ama fica na ponta dos pés e levanta a mão miúda, de pele

amarelada e enrugada, para fazer um sinal da cruz na testa do velho. Beijam-se, um estranho beijo rápido e meio encabulado: se alguém os visse, não poderia deixar de sorrir. Mas como todos os beijos humanos, este também, por seu jeito carinhoso e grotesco, é a resposta a uma pergunta que é impossível confiar às palavras.

Posfácio
As peregrinações de um burguês

Sándor Márai (1900-1989) nasceu no início do século numa família do patriciado saxônico de Kassa (hoje Kosice, na Eslováquia). Se tivesse vindo ao mundo, no mesmo ano, poucas centenas de quilômetros mais a oeste, na Morávia ou na Boêmia, ou até mais a nordeste, nas regiões da Galícia ou de Bucovina, provavelmente teria se tornado um escritor de língua alemã, tendo ido integrar com pleno direito essa *koinè* que nasceu à sombra da civilização dos Habsburgo e reuniu — mais no crepúsculo e depois da queda do Império que durante sua glória, mais como símbolo da memória e do desespero existencial que da realidade — gerações de artistas, literatos e homens de pensamento distantes e, com frequência, muito diferentes entre si.

Mas ele, ao contrário, se tornou um escritor húngaro, porque se formou numa das antigas cidades do Reino da Hungria que se estendiam em semicírculo de Pozsony (hoje Bratislava, capital da Eslováquia) até Temesvár (hoje Timisoara, na Romênia), cobrindo todo o arco dos Cárpatos. Nesses vilarejos, fundados por imigrantes alemães, floriram desde a Idade Média tardia e preservaram-se durante séculos os primeiros — e por muito tempo os únicos — núcleos de civilização urbana na Hungria. No limiar do século XX, num país que ainda mantinha estruturas semifeudais, o fato de pertencer à burguesia saxônica — de espírito liberal, solidamente ligada às suas tradições autóctones e ao mesmo tempo plenamente inserida na comunidade nacional — gerava, em todos os seus membros, uma forte consciência fundada tanto na fidelidade às próprias origens como numa fervorosa lealdade à pátria de eleição.

Dentro da aliança estatal criada em 1867, a Transleitânia tinha um caráter multinacional e pluricultural semelhante ao da Cisleitânia. Mas a vocação unificadora da Hungria em relação aos povos instalados na bacia dos Cárpatos — análoga, em diversos aspectos, àquela que a Áustria se atribuiu no âmbito de seus domínios eslavos — revelou-se um trágico equívoco, em especial porque se fundava numa ideologia nacional que não tinha nada em comum com as tendências supranacionais do Império. Os únicos a se assimilarem, desde os tempos em que lutaram lado a lado com os patriotas magiares na guerra de independência de 1848-49, foram os cidadãos de ascendência alemã e judaica: estes, contudo, foram atraídos irresistivelmente pela herança cultural da nação que os acolhia.

Nesse sentido, o caso de Márai é exemplar. Durante a infância, suas múltiplas raízes lhe permitiram considerar-se igualmente em casa, fosse na cidade natal, Kassa, cuja imagem atravessa sua obra como um fio vermelho (e também aflora, conquanto só num leve aceno, em *As brasas*), fosse no país a que pertencia, a Hungria, fosse naquela intrigante pátria ideal que, para ele, se identificava com distintas regiões da Europa central: da Alemanha, a que era ligado por laços hereditários, a Viena, onde morava parte de sua família e onde Márai (assim como os protagonistas de seu romance) passara os tempos mais felizes da adolescência.

Igualmente ramificadas são as raízes de sua escrita. Além

da dupla herança que lhe coube por motivos familiares — na biblioteca da casa paterna, os volumes de Goethe e Schiller ladeavam os de Petöfi e Arany — e da plêiade internacional que, dos simbolistas franceses aos grandes romancistas russos, formava naqueles anos o patrimônio comum de todos os jovens de boa cultura, Márai absorveu sem esforço o melhor da literatura da Europa central de sua época. Mas o elemento que unificou experiências e sugestões tão múltiplas foi o húngaro, língua materna de eleição e, portanto, duplamente querida. Seu talento revelou-se desde o liceu: aos catorze anos publicou em Kassa seu primeiro artigo, aos dezoito, uma coletânea de poesias.

Foi então — ao fim do primeiro conflito mundial — que esse frágil idílio quebrou-se para sempre, desfazendo toda e qualquer ilusão de um crescimento harmonioso e obrigando o jovem literato a amadurecer depressa: "Via apenas trevas ao meu redor. Atrás de nós, a guerra e a revolução, diante de nós, o caos político e econômico, o tempo suspeito da reavaliação dos valores, a moda dos slogans" (*As confissões de um burguês*, 1935).

A monarquia estava destruída, a Hungria perdera dois terços de seu território e Kassa fora incorporada ao novo Estado tchecoslovaco. Márai, transferindo-se para Budapeste, onde foi estudar direito de acordo com o desejo do pai, viu instaurar-se a República dos Conselhos e, logo depois, um regime autoritário de orientação oposta. Assistiu, estarrecido, ao "tempo da mudança", que influenciou de forma decisiva sua vida e sua obra. Percebeu que seu país, fechado entre essas novas fronteiras materialmente estreitas e intelectualmente cada vez mais limitadas, tinha algo que lhe parecia ameaçado. "Observava tudo — objetos, paisagens, seres humanos — como se fosse uma testemunha ocular que vê cada coisa pela primeira e talvez pela última vez e sabe que um dia deverá prestar contas de tudo aos pósteros... Uma cultura, ou tudo o que em geral assim se define — pontes, lampiões, quadros, sistemas monetários, poemas —, estava se partindo aos pedaços diante de meus olhos. Essa cultura não desapareceu, não, mas começou a mudar em ritmo vertiginoso, como se tivesse sido mudada a pressão atmosférica em que estávamos acostumados a viver... Senti que tinha uma tarefa urgente, queria ver ainda alguma coisa 'no estado original', antes que se realizasse essa mudança indefinível e assustadora. Fui viajar" (*ibid.*).

Em 1919, quando saiu da Hungria de Horthy para iniciar a primeira fase do exílio voluntário, Márai ainda não tinha vinte anos. Partiu para Leipzig, onde se inscreveu nos cursos do Institut für Zeitungskunde. Depois foi para Frankfurt e, em seguida, para Berlim. Em 1923 casou-se com uma moça de Kassa, Lola Matzner, e se mudou com a mulher para Paris. Como disse certa vez, queria fazer uma pausa de três semanas e ali ficou por seis anos. Nunca terminou os estudos de jornalismo, tendo iniciado o que mais tarde chamará de seu aprendizado de escritor. Graças a sua educação bilíngue, ficou conhecido escrevendo em alemão notas sobre os costumes e crônicas de viagem para o *Frankfurt Zeitung*, um dos jornais de maior prestígio na Alemanha de Weimar. O melhor fruto desses anos foi *No rastro dos deuses* (1927), relato lúcido e apaixonado — hoje mais atual que nunca — de uma viagem ao Egito, à Palestina e à Síria. Na mesma época publicou alguns pequenos livros em húngaro que, em seguida, repudiou. Enquanto isso, passava com desenvoltura de um país a outro, familiarizava-se com as capitais da cultura ocidental, era conhecido nos cafés literários e nos salões intelectuais de meia Europa, lia Nietzsche e Freud, Spengler e Ortega y Gasset, comentava Gide e Proust, traduzia para o húngaro as novelas de Kafka e as poesias de Trakl, Benn, Else Lasker-Schüler. Agora podia considerar-se em casa em qualquer lugar. Foi a partir daí que não se sentiu mais em casa em lugar nenhum.

Contudo, no final dos anos 20, convenceu-se a voltar para

sua terra natal. Não o motivavam a necessidade nem a saudade. Voltou atendendo ao apelo imperioso da língua na qual, depois de ter oscilado por alguns anos entre o alemão e o húngaro, resolvera de uma vez por todas descrever o sentido de desenraizamento agora definitivo. "Nesta pátria oficial, histórica, blasonada, codificada, policialesca, marcial, embandeirada, fanatizada, é preciso procurar cada vez mais obstinadamente, com devoção, constância, ternura e compaixão, a verdadeira pátria que talvez seja a língua ou talvez seja a infância, uma rua à sombra dos plátanos..." (*Céu e terra*, 1942).

Instalou-se em Budapeste, cidade que sempre achara pouco atraente, e ali viveu por vinte anos trabalhando como um alucinado. Durante esses anos publicou cerca de três dúzias de livros, quase todos de inspiração francamente autobiográfica — novos relatos de viagens, ensaios, pequenos poemas em prosa, coletâneas de artigos literários, romances, líricas, peças teatrais, uma autobiografia monumental, *As confissões de um burguês*, considerada por muitos sua obra-prima — e vários milhares de artigos espalhados em jornais e revistas. Possuía uma prodigiosa facilidade e uma elegância inata para escrever. Breve, sem esforço aparente e sem fazer parte de nenhum grupo literário, tornou-se um dos expoentes de destaque da narrativa húngara: a crítica o definia como um mestre do estilo, o público o adorava, seus livros — todos com a mesma capa de pano cru cor creme — vendiam-se como pão fresco.

No entanto, datam justamente dessa época — a única em que sua atividade é premiada pelo sucesso — os primeiros sintomas de um profundo mal-estar existencial que nunca mais o abandonará. É o mesmo desconforto que inspira o longo monólogo de seu dublê imaginário mais desesperado e sincero, o velho general solitário e rancoroso de *As brasas*. (Talvez tenha sido justamente por isso que Márai, na velhice, declarou não gostar do romance, considerando-o "excessivamente romântico".)

Enquanto a sombra do nazismo estendia-se sobre a Europa e iniciava uma nova onda de imigração para o Ocidente, o escritor húngaro seguiu um itinerário inverso ao trajeto escolhido por outros compatriotas ilustres. Considerou encerrada a época das vagabundagens juvenis e se predispôs a enfrentar, entre as quatro paredes de sua casa de Buda, "um exílio silencioso na extraterritorialidade da página branca". Não se deixou impressionar nem por um novo conflito mundial ainda mais mortal que o anterior, nem pela ocupação alemã da Hungria e nem, em seguida, pela soviética. Como o protagonista de *As brasas*, também sabia que tinha um acerto de contas a fazer: "Não tenho poder nem armas para contrapor à nossa época e ao mundo senão as da escrita. Cortam-se os países em pedaços para depois os recosturarem de outra forma, violam-se os acordos, reduzem-se à escravidão gerações inteiras para se edificarem as pirâmides das novas quimeras, vão para os ares as pontes que uniam os espíritos... Por que resisto apesar de tudo? O que me infunde coragem, em que confio? A única coisa que me dá força é a fé na existência invulnerável e eterna de um Espírito frio, límpido, autêntico, inflexível, que não pode ser negado impunemente, não se deixa falsificar, e sobreviverá demonstrando ser mais forte que todo o resto".

Por outro lado, como diz Henrik no romance, o homem e seu destino se moldam um no outro, e sempre chega a hora em que somos obrigados a ceder a um impulso elementar que se mostra mais forte que a razão. No caso de Márai, esse impulso era a aversão inata por qualquer forma de ditadura, que já o levara a passar dez anos no exterior e outros vinte anos numa espécie de reclusão voluntária em seu próprio país. E a hora crucial chegou em 1948, quando na Hungria se aboliu a democracia parlamentar e o escritor — pouco depois de ter reafirmado mais uma vez a necessidade de viver e trabalhar no ambiente de sua língua materna — abandonou de novo o país, desta vez para sempre.

A partir de então viveu num isolamento ainda mais absoluto. Não se ligou a nenhum dos vários grupos espalhados pelo velho e pelo novo continente e que formavam a diáspora litigiosa e flutuante dos húngaros no estrangeiro. Nem, por outro lado, desprezou o compromisso que assumira em relação à língua húngara, na qual continuou a escrever — não mais de um jato mas lentamente, com apreensão — livros publicados em poucas centenas de exemplares e lidos por todo lado, menos na Hungria. Entre estes, alguns romances alegóricos centrados em figuras de tiranos como Nero ou sobre instituições terroristas como a Inquisição, e um torrencial *Diário* mantido de 1943 a 1983.

De início, viveu retirado com a mulher na colina de Posillipo, em Nápoles, cidade que Márai considerava "uma das últimas em que a palavra *civilitas* ainda possuía um significado tangível e cotidiano". Em 1952, instalou-se em Nova York, sobre a qual escreveu: "Cidade interessante. Pena que não seja feita para ser habitada por seres humanos". Em 1968, mesmo tendo adquirido a cidadania americana, transferiu-se de novo para a Itália, estabelecendo-se em Salerno. Em 1979 voltou definitivamente para os Estados Unidos, para San Diego, onde em 1989, às vésperas da guinada democrática nos países do Leste, pôs fim à sua vida com um tiro de pistola.

Nos anos mais sombrios da emigração interna, Márai havia definido com muita propriedade um comportamento que, na época, afigurava-se antes de mais nada como um imperativo moral: "É possível que a solidão destrua o homem, assim como fez com Pascal, Hölderlin e Nietzsche. Mas esse fracasso, essa fratura, são contudo mais dignos de um homem de pensamento do que a sua conivência com um mundo que primeiro o contagia com suas doces e perversas seduções, e depois o atira na vala. Você se joga mais baixo ainda, no abismo da solidão. Morrerá da mesma maneira, mas com sua queda terá confirmado o destino que governa seu espírito e sua obra. Fica só e se recorda. Fica só e observa. Fica só e responde. Não se iluda: não há outras soluções. Fica só, mesmo à custa da vida" (*Céu e terra*).

Na segunda metade de sua vida, esse programa se concretizou tragicamente, para lá de toda previsão. O nome de Márai foi posto no índex e seus livros foram banidos da Hungria por quarenta anos, enquanto ele mesmo se jogava, como prognosticara, no abismo da solidão e do silêncio. Sua obra, é verdade, começou a ser redescoberta pouco depois de sua morte. Recentemente ele voltou a ter fama em seu país e no exterior. Mas o escritor húngaro ainda espera o dia em que ocupará o lugar que lhe cabe de direito entre os grandes mestres da narrativa da Europa central no século XX.

O atormentado solilóquio que se prolonga por mais da metade de *As brasas* termina quando Henrik percebe ter esperado em vão, durante quarenta e um anos, por uma revanche que devia ressarci-lo dos prejuízos sofridos no passado e que, ao contrário, se revela uma ilusão no curto espaço de tempo em que se realiza. Enquanto escrevia o romance, o autor não podia prever que, por intermédio do destino de sua personagem, estava ilustrando com precisão visionária o que, no futuro, seria seu próprio destino. Na verdade, ele também iria resistir por quarenta e um anos, no último de seus exílios voluntários, antes de se declarar derrotado e de renunciar a um tácito mas exacerbado duelo com o mundo que durara boa parte de sua vida. "O homem compreende o mundo um pouco de cada vez e depois morre", dissera Henrik. Quem sabe se Márai, no final, simplesmente cedeu ao cansaço, ou se, ao contrário, preferiu não esperar os êxitos incertos da enésima "mudança" no declínio de um século tão repleto de devastações do qual ele dera testemunho desde o início?

Marinella d'Alessandro

1ª EDIÇÃO [1999] 24 reimpressões

ESTA OBRA FOI COMPOSTA PELA VERBA EDITORIAL EM ELECTRA
E IMPRESSA PELA GRÁFICA PAYM EM OFSETE SOBRE PAPEL PÓLEN DA
SUZANO S.A. PARA A EDITORA SCHWARCZ EM JULHO DE 2024

A marca FSC® é a garantia de que a madeira utilizada na fabricação do papel deste livro provém de florestas que foram gerenciadas de maneira ambientalmente correta, socialmente justa e economicamente viável, além de outras fontes de origem controlada.